Tropengekte

Hoe het leven van een kunstenaar op zijn kop
kwam te staan in Azië

Tropen-gekte

Hoe het leven van een kunstenaar op zijn kop kwam te staan in Azië

Ronald Wigman

Colofon

Omslag / Illustraties / Lay out
Ronald Wigman - www.portableart.com

Fonts
Swift regular and italic

Iedere gelijkenis met bestaande personen kan zich alleen voordoen door voorkennis in tamelijk kleine kring.

Uitgave
Lulu.com

ISBN 978-1-4466-3375-5

'La patience est l'art d'espérer'
Vauvenargues

Voor Iris

Inhoud

Stadshitte

Het was zo warm en benauwd, dat de hele dag de ramen tegenover elkaar wijd open werden gezet door de bijna altijd aanwezige huishoudster. Gordijnen woeien daardoor heftig heen en weer in het appartement op de hoogste en zeventiende verdieping van de immense woontoren. De vrienden, een echtpaar, waar De Schilder voor onbepaalde tijd logeerde, hielden niet van blazende en energie verslindende airconditioners, helemaal overdag niet.

Door die ramen drongen onophoudelijk de stadsgeluiden binnen. Reutelende betonboren, snerpende slijpmachines, geraas van verkeer, passerende vliegtuigen en zo nu en dan een autoalarm dat afging.

De - economisch gezien - zich zeer snel ontwikkelende stad was vol hoogbouw en het was kennelijk nog niet vol genoeg. Om de paar honderd meter was een nieuw flatgebouw van wel twintig tot veertig etages hoog in aanbouw, vierentwintig uur per dag, zeven dagen per week. Soms ook nog volgens een aantrekkelijk ontwerp. Vanuit elk raam in het appartement was de steenwoestijn zichtbaar met hier en daar een plukje groen, net peterselie ter versiering van een bord met een veel te grote biefstuk.

De Schilder was niet voor zijn lol in deze tropische stad, die hem aan Düsseldorf in Azië deed denken.

Hij bezocht de stad al eerder. De eerste keer vanwege een verplichte tussenstop tijdens een lange vlucht op weg naar een heel klein eiland in het buurland. De Schilder was toen enorm verrast bij de aanblik van zoveel wolkenkrabbers, luxe winkelcentra, parken die overladen waren met bloeiende planten, dure auto's en goedgeklede mensen die veelal met een mobiele telefoon aan het bellen waren. Hij had een totaal ander beeld van een Aziatische stad voor ogen. Meer een beeld van door modder bruin gekleurde rivieren, omzoomd door intens groene oevers met begroeiing. Een chaotisch samenraapsel van huizen, gebouwd van eenvoudig afvalmateriaal. Locale markten aan land en op het water, met een keur aan kruiden, fruit, groente en textiel. Grote families, waar kinderen, ouders en grootouders met zijn allen samenwonen in en rond hun onderkomens. Dat alles gebaseerd op afbeeldingen die de Schilder had gezien in films, documentaires, geïllustreerde boeken en op zijn fantasie, gevoed door het lezen van historische romans.

De volgende dag - toen hij aankwam op het vliegveld in het buurland - volgde de beloning. Hij voelde zich onmiddellijk gelukkig bij het aanschouwen van rommel en afval aan de kant van de weg. Allerlei mensen - de meeste glimlachend en rokend - onderuit hangend op trappen. Overal chaotisch verkeer. Wat een tegenstelling. Een dag erna was nog verrassender. In een oud propeller vliegtuig vloog hij naar het hele kleine eiland. Na aankomst deelde de Schilder een busje met een handvol andere passagiers. Die waren met delfde vlucht meegekomen. Hij kon toen nog niet weten dat hij degene was die volledig betaalde voor alle passagiers, die de reis van de noordkant naar de zuidkant van het eiland maakten. Maar dat deed er niet toe. Hij genoot van de cultuurschok. Schaars geklede kinderen, halfnaakt, speelden, zwaaiden en riepen langs de kant van de doorgaande weg. Mensen die op fietsen reden en torenhoge stapels gras en bananenbladeren meezeulden, achterop de fiets of op hun hoofd. Karakteristieke huizen zoals hij nog nooit in werkelijkheid had gezien en die veel meer leken op wat hij in films en boeken had aanschouwd. De geur van bloemen en fruit, welke door de open ramen van het busje naar binnen drong.

Tijdens de schemering stopte de chauffeur bij de ingang van een pas opgeleverd hotel complex, suggererend dat de Schilder op de plaats van bestemming was aangekomen. Hij stapte uit, keek eens snel om zich heen en had toch iets heel anders op het oog, meer een eenvoudig strandhuisje aan de kust. Het werd ondertussen donker en iemand ging een chauffeur van het hotel roepen. Met handen en voeten probeerde de Schilder uit te leggen waarnaar hij op zoek was en die chauffeur verzocht hem om in te stappen in zijn auto.

Na een redelijk korte rit stopte hij ergens in het pikkedonker. De Schilder had het gevoel in niemandsland te zijn aangekomen, pakte zijn tas, verliet de auto en probeerde eerst te wennen aan de duisternis. Tot zijn opluchting hoorde hij het geruis van golven, de kust kon niet ver weg zijn. Met een uitgestrekte arm - om te voorkomen dat hij tegen een boom zou oplopen - naderde hij een klein huis waar gedempt licht brandde. Hij stapte naar binnen en werd door een gezin met talrijke kinderen verwelkomd. Met behulp van een klein zakwoordenboek vroeg hij in hun taal of er een kamer aan het strand te huur was. Die waren echter allen bezet door deelnemers aan een surf wedstrijd aldaar. De Schilder wees een hoek in de keuken aan, duidelijk makend dat hij daar toch wel kon slapen. Dat hielp. Binnen een mum van tijd werd de ouderlijke slaapkamer van het gezin ontruimd en begreep hij de nacht daar te kunnen doorbrengen. Nog nooit heeft hij zo genoten van een stortbad als op dat moment, temidden van een verzameling tandenborstels, die aan het hele gezin toebehoorden. Om water te pakken moest hij een emmer aan een touw in een put laten zakken en een voor een kieperde hij de inhoud over zijn lijf. Een uur later al zat hij aan het strand, opgefrist, afgekoeld, tevreden en starend naar de aanrollende golven. Intussen had het gezin een maaltijd klaargemaakt, bestaande uit vis, gebakken aardappels en groente en serveerde die op het strand. Een grote fles koud bier volgde. Dit was een heel gelukkige dag.

De volgende dag genoot de Schilder van een gezond ontbijt na een voortreffelijke nachtrust. De eenvoudige kamer was totaal geen reden tot klagen. Hij zat op een bank aan het strand, temidden van een stel jonge jongens die uit nieuwsgierigheid bij hem aangeschoven waren. Het kijken naar de opkomende vloed en de aanrollende golven wakkerde zijn voorkeur aan deze plek nooit meer te verlaten.

Plotseling stond er vlakbij een groepje rugzak toeristen en de Schilder deed zijn best niet te worden opgemerkt. Hij keek een andere kant op. Tot een van de jongens het groepje had benaderd en naar hem toekwam met de mededeling dat ze dezelfde taal spraken als de Schilder. Dat maakte een hoop goed en diezelfde avond - alle strandhuisjes waren weer beschikbaar - werden zij buren. Uiteindelijk betreurde hij het contact met het groepje toeristen niet. Net als hij hielden zij van ontspanning, vis eten, veelvuldig zwemmen, uitgebreide gesprekken over van alles, en bier drinken.

Toen het groepje aankwam op het strand en de Schilder zag zitten daar, onder een strooien dak en kijkend naar de indrukwekkende branding, dachten zij - zo vertelden zij later - dat hij een vaste bewoner was die daar al geruime tijd verbleef. Niet wetende dat hij pas de dag ervoor was aangekomen. Dat was een goed teken.

Zij werden goede vrienden tijdens hun verblijf en de zonnige dagen die zij samen doorbrachten. Ze deelden alle maaltijden en drank, elke dag genietend van de verse visvangst nadat de prijs - na zwaar onderhandelen - naar beneden was gegaan. Kreeft, Barracuda, inktvis, krab, platvis, schelpen, elke dag was er volop keus. En ze onderhandelden steeds beter naarmate zij er langer verbleven.

Wanneer de stroom uitviel - dat gebeurde bijna dagelijks - zwommen ze laat in de nacht. Die momenten kon je alle sterren zien en het zeewater was dan net zo warm als in een ligbad thuis. Op die manier konden ze uren in de baai in het water liggen, ronddrijvend, kijkend en pratend over vele onderwerpen. Eenmaal weer thuis in Europa ontmoette de Schilder hen regelmatig en zetten zij hun vriendschap voort op dezelfde wijze, alleen zonder de aangename aanwezigheid van het strand. Het drinken van nogal veel wijn tijdens die bezoeken hielp om dat detail maar over het hoofd te zien. De vrouw en enige moeder in het gezelschap was een erg enthousiaste dame, rechtuit in haar opvattingen en altijd heel goedlachs wanneer een verhaal daartoe uitnodigde. Zij werkte als internet beheerder op een hogeschool in Europa.

Haar echtgenoot was ook nogal bijzonder. Hij was een eerste klas programmeur. Slechts een paar mensen in zijn land konden doen wat hij deed en de Schilder begrijpt nog steeds niet hoe reuze computers van grote bedrijven precies werken en moeten worden geprogrammeerd of worden onderhouden. Zijn toelichting op het soort werk dat hij deed, klonk als Chinees en de programmeur gaf toe dat dat ook een beetje het geval was. Des te gemakkelijker deelden zij hun passie voor het leven in Azië, het eten, de mensen, de kunst, filosofie en het gevoel dat je er terugkeert naar de wortels en de essentie van je bestaan.

Later - tijdens een van de ontmoetingen bij hen thuis in Europa - vroegen zij de Schilder of hij hun piano onder handen wilde nemen ter vervaardiging van een kunstwerk. Dat instrument stond gewoon maar te staan in de kamer en was te oud en te vals om nog te kunnen worden gestemd of te worden bespeeld. Hij maakte een schetsontwerp op papier, waarin je kon zien dat de piano een kleurrijk en dynamisch object zou worden, een jonge man verbeeldend, die erop speelde. De schets werd goedgekeurd.

De dagen dat zij uit huis waren voor hun werk, veranderde de Schilder de piano in het voorgestelde ontwerp door het hele object te beschilderen. Gedurende de avonden was de piano afgedekt met textiel, totdat het karwei voltooid was. Na onthulling van het eindresultaat waren de vrienden erg tevreden over het nieuwe voorwerp dat hun huiskamer rijk was.

De Schilder verliet het kleine eiland met flinke tegenzin, dit soort Azië, daar hield hij zo veel meer van dan het Düsseldorf in Azië waar hij begonnen was aan zijn reis. Opeenvolgende bezoeken aan die Aziatische stad waren hooguit vanwege verlenging van zijn visum, altijd zo kort als maar kon en hij wist zeker zich in die stad nooit te willen vestigen.

Maar nu, kortgeleden, werd hij het buurland - waar hij al twaalf jaar woonde - uitgezet, zijn vrouw en kind noodgedwongen achterlatend op een prachtig tropisch eiland. Deze stad was de dichtstbijzijnde internationale bestemming, gerelateerd aan zijn huis, vrienden en familie.

Het vriendenstel, waar hij nu als eerste verbleef, kende

hij van datzelfde eiland en ook zij waren ooit op onprettige wijze vertrokken. Daarmee hadden zij moeiteloos begrip voor de situatie waarin De Schilder verkeerde en aarzelden zij geen moment hem tijdelijk onderdak te bieden of te helpen met het zoeken van tijdelijke woonruimte. In hun appartement waren alle kamers in gebruik en zij informeerden om hun heen voor het vinden van een alternatief.

Tijdelijk kreeg hij een kamer aangeboden in hetzelfde appartementen complex, een paar verdiepingen lager. Zijn vrienden hadden die bewoners dezelfde dag leren kennen en hen als dank uitgenodigd voor de avondmaaltijd. Daarna lieten zij de kamer zien en ontving de Schilder de sleutels. Laat in de nacht, de bewoners sliepen al, verliet hij het vriendenstel, ging hij naar zijn kamer en was hij tot zijn schrik het huisnummer vergeten. Alle voordeuren zagen er hetzelfde uit. Gelukkig schoot hem te binnen vanuit de lift rechtsaf te moeten slaan en de voordeur ging moeiteloos open.

Het vriendenstel raadde aan om de mensen waar hij verbleef zo min mogelijk lastig te vallen. Ze kenden elkaar nog maar zo kort. Dus wachtte hij de ochtenden totdat hij de voordeur hoorde sluiten, stond dan op en deed na het ontbijt hun afwas. Op die manier kon hij tenminste enige dankbaarheid tonen voor hun hulp. Zij wilden niet dat hij voor het gebruik van de kamer betaalde, waarschijnlijk omdat zij nogal religieus van aard waren. De Schilder zag een aanzienlijk aantal Bijbelse citaten op de muren geprikt in de keuken, de badkamer en de woonkamer. Als extra gebaar van dank kocht hij een mooie bos bloemen. En hij keerde altijd laat op de avond terug om zeker te weten dat zij al sliepen en hij hun nachtrust niet zou verstoren.

Hij deed zijn best om aan de nieuwe situatie te wennen. Uitkijken over rijstvelden was wezenlijk anders dan ramen tellen. Nachtelijke geluiden van krekels tegenover getoeter in het verkeer. Stedelijke hitte tegenover een koele bries in het groene, verkoelende landschap. Stress alom tegenover de vriendelijkheid waar hij aan gewend was geraakt. Het zou wel even gaan duren. Maar desondanks maakte De Schilder plannen voor de periode dat hij hier zou moeten verblijven, hij had geen idee voor hoe lang. Een klein netwerk - dankzij het gastvrije vriendenstel - begon te groeien en hielp hem al enkele bijzondere dagen en avonden door te brengen. Een feestelijk diner bijvoorbeeld met een Franse schilder, een locale kunstbemiddelaar, een choreograaf uit Marokko en hun partners en kinderen. Een gedekte tafel, rijkelijk gevuld met fruit, Mediterrane gerechten, brood en flessen wijn. De Schilder voelde zich onmiddellijk thuis tussen deze mensen. En dat zo ver van huis.

Een ver eiland

De grote ommekeer in het leven van de Schilder begon op een ander eiland, niet daar waar hij woonde. In een somber kantoor van de dienst immigratie in de grootste stad van dat andere eiland, een ver weg gelegen eiland in het tropische land waar hij woonde.

Daar in het kantoor draaide de luchtkoeling op volle toeren, overuren makend. Uit onzichtbare luidsprekers klonk het ene Beatles nummer na het andere. Muziek die deze eeuw eigenlijk niet meer gehaald heeft. Wel bij de ambtenaar van immigratie. Maar misschien hoorde die de klanken niet eens meer. Hij had wel andere dingen aan zijn hoofd. Zoals de Schilder, die tegenover hem zat, die was samen met twee, eveneens buitenlandse, collega's zojuist opgepakt. Paspoorten en fotokopieën van verblijfsvergunningen lagen op het bureaublad uitgestald en werden uitgebreid bestudeerd. Andere ambtenaren liepen in en uit, politiemensen hielden de wacht bij de deur en op de gang. De sfeer was grimmig. Onbestemd. De glimmende, zwarte laptop op het bureau stak schril af bij het afgeschreven, genummerde houten overheidsmeubilair en de beduimelde landkaart aan de muur.

De Schilder bestudeerde het uniform van de ambtenaar. Keurig gestreken overhemd, crèmekleurig met donkerbruine, geborduurde teksten en een goudkleurig naambordje. Drie strepen op de schouders aan weerszijde, Hij

had geen idee waar iedere streep voor stond. Hij herinnerde zich het grapje van vroeger over een politie uniform.
Iemand met een streep, die kon lezen. Met twee strepen,
die kon schrijven en een met drie strepen, die kon lezen
en schrijven. Het leek de Schilder beter die gedachte niet
te delen met de man tegenover hem.

Waarom de Schilder met een fotokopie reisde, luidde
een van de vragen. Zijn originele papieren en paspoort waren echter in behandeling in een ander kantoor van immigratie. Een flink aantal eilanden verderop. Dezelfde dienst
daar had enkele maanden nodig om zijn verblijfsvergunning te verlengen. Dat moest ieder jaar op rij. Telefonisch
werd die informatie door het andere kantoor bevestigd.

Waarom had hij naast een demonstratie gestaan? Met
welk doel was hij op dit eiland? Wat was de rol van zijn
collega's? Of hij een gezin had? Met wat voor een opdracht
was hij aan het werk? Welke had nationaliteit zijn vrouw?
Hoeveel hadden kinderen ze samen? In nogal willekeuri-
ge volgorde werden al die vragen gesteld. Zo nu en dan
voerde de ondervrager gegevens in op de digitale typema-
chine. Met een snelheid alsof hij nog steeds op een oude
metalen schrijfmachine aan het werk was met vijf lagen
carbonpapier op de rol.

Het was voor het eerst in zijn leven dat de Schilder gear-
resteerd werd. Aanvankelijk dacht hij dat het om een eenvoudig routineonderzoek ging, maar langzaamaan werd
hem duidelijk dat er meer aan de hand was. Temeer daar
de deur naar buiten werd bewaakt en tussendoor politiemensen waren langs geweest om vingerafdrukken te maken en zijn gezicht - en dat van de collega's - van voren en
van opzij te fotograferen.

Samen waren zij naar dit eiland gekomen om een documentaire te filmen. Over een oudere man die bijna een halve eeuw in ballingschap had geleefd en nu voor het eerst terugkeerde op zijn geboortegrond, op uitnodiging van de president in het land. De regering beoogde met zijn komst dat deze man locale conflicten tussen rebellen en de overheid kon doen stoppen en positieve discussie op gang kon brengen. Hij zou - ooit was hij vooraanstaand leider van de bevolking daar - in staat zijn de rebellen te overtuigen en onder de duim te houden. Die rebellen waren nog steeds actief om hun provincie te bevrijden, enkele decennia terug was die provincie met geweld bezet en afgenomen.

Alhoewel de Schilder beeldend kunstenaar van beroep was, had hij een van zijn vrienden geholpen om tijdens de opnamen het geluid vast te leggen. Die vriend was een cameraman en werkte regelmatig in opdracht om documentaires te maken. Om aan deze missie te kunnen deelnemen had de vrouwelijke regisseur de vergunningen geregeld met de toestemming om gedurende een week op het eiland te filmen. De toestemming kwam van de minister voor sociale zaken, dus dat zat wel goed was de algemeen geldende gedachte. Immigratie en de veiligheidsdienst hadden duidelijk een andere opvatting wat de vergunningen betrof, mede door een misstap die de regisseur had begaan. Zij wilde zo nodig die ochtend een politieke demonstratie van nabij meemaken, de cameraman en de Schilder adviseerden met klem dat niet te doen, maar ze wilden ook geen werk weigeren. Onverwacht stapte ze uit de langzaam rijdende auto en de Schilder volgde haar. Om haar te overtuigen terug te keren en omdat hij de locale taal kon spreken en verstaan. Hij vroeg de cameraman met al hun spullen in de auto te blijven en een rondje te rijden zodat ze weer konden instappen.

Toen de chauffeur een rondje had gereden was het al te laat en stapte de cameraman uit om te zien wat er aan de hand was, gevolgd door hun arrestatie.

De cameraman moest een paar uur na hun arrestatie alle apparatuur uit de gehuurde auto halen en als vangst tonen ten overstaan van landelijke pers en politie, beelden die je normaal gesproken alleen zag als bewijs bij het onderscheppen van wapens of een paar kilo drugs en de aanhouding van criminelen. Dat moment werd uitgebreid gefilmd en gefotografeerd en kort daarna via verschillende media vertoond. De laatste videotape die nog in de camera zat, werd in beslag genomen als bewijs voor de begane overtreding van de wet.

Het derde lid van de filmploeg, de regisseur, werd in een andere ruimte ondervraagd, zij had de ambtenaar, die de Schilder en de cameraman had ondervraagd, tegen zich in het harnas gejaagd door zich boos en verontwaardigd te gedragen. Dat werkt helemaal niet positief in een tropische land, zeer zeker niet bij ambtenaren. En ook niet bij de Schilder en de cameraman, die allebei probeerden haar te kalmeren en de mond te snoeren. Zij was degene geweest - zelfs na waarschuwingen van haar collega's - die zo nodig naast een demonstratie wilde gaan staan, met deze arrestatie als direct gevolg.

Om tussen de vragen door de tijd te doden liep de Schilder naar de landkaart aan de muur. Het eiland was behoorlijk groot en hij had nog maar een heel klein gedeelte in werkelijkheid gezien. Op het moment dat hij zijn hoofd naar voren boog om details te bekijken, stapte een boom van een kerel op hem af. Met een hele norse gezichtsuitdrukking en een paar donkere, zeer onvriendelijke ogen keek hij op de Schilder neer. Hij pakt de de Schilder bij zijn bovenarm en duwde hem terug naar zijn stoel. Gewoon zitten blijven jij, luidde de niet verbale boodschap. En dat deed hij dan ook maar voor langere tijd.

Uiteindelijk was de norse boom weg en durfde de Schilder het aan op de gang tussen de op wacht staande politieagenten een sigaret te gaan roken. Samen met de cameraman, die van de zenuwen ook graag een sigaret wilde opsteken. Vanaf dat moment rookten ze heel wat af en de gang van het kantoor werd de grootste asbak waarin ze ooit hadden gestaan.

De ondervraging duurde tot diep in de nacht, mede doordat de Schilder had aangedrongen op het inschakelen van een beëdigd vertaler, alvorens te overwegen een van de vastgelegde verklaringen te ondertekenen.

Alhoewel hij slechts zeventig procent van de geschreven verklaring begreep, was er een overduidelijke passage. Hij zou zich schuldig verklaren aan het misbruiken van zijn visum. De vastgelegde straf voor die overtreding was vijf jaar gevangenisstraf. Natuurlijk wilde de Schilder de verklaring niet zomaar ondertekenen.

Uiteindelijk werd na bemiddeling van de opgetrommelde vertaler, een gepensioneerde ambassadeur die perfect hun taal sprak, besloten dat de arrestanten in quarantaine in hun hotel moesten verblijven en de volgende dag zou de procedure worden vervolgd.

Zwijgend als het graf brachten ambtenaren van het immigratiekantoor de Schilder en zijn collega's naar het hotel, in een donkere auto, die al zeker meer dan vijfentwintig jaar dienst deed.

De aanloop

Iets meer dan twaalf jaar geleden besloot de Schilder om Noord-Europa te verlaten, gevolg gevend aan de lang gekoesterde wens om op zijn minst naar het warme en zonnige zuiden van Europa te verhuizen. Misschien ook geholpen door het feit dat het op de dag van zijn geboorte drieëndertig graden Celsius was. Volgens zijn moeder had hij het desondanks koud en slechts een warmwater kruik in zijn bed deed zijn huilen stoppen. Het beroerde klimaat in het noorden en daarmee het ontbrekende daglicht hadden ook een grote rol gespeeld, naast het willen ontlopen van stress en hectische omstandigheden, die zo kenmerkend waren voor vele westerse landen, met name in het noorden.

Gedurende bijna twintig jaar bezocht de Schilder meerdere keren per jaar het zuidelijke deel van Europa. Soms alleen maar om daar vakantie te houden, maar meestal om schetsen, tekeningen en schilderijen te maken. Hij zal nooit een van deze tochten vergeten, dat was op een camping. In zijn auto lag een voorraad dik tekenpapier, verf en natuurlijk de kampeeruitrusting. Potten, pannen, een tent, koelbox, beddengoed, luchtbedden, voedsel en keukengerei, waaronder een kleine fles met geconcentreerd afwasmiddel. Die fles was, om onbekende reden, ondersteboven geraakt in de bagageruimte van de auto en lekte een groene, op siroop lijkende vloeistof met de frisse geur van citroenen. De stapel tekenpapier had bijna de hele hoeveelheid afwasmiddel opgezogen en het overgeblevene lag op de bodem van de auto. Met veel tegenzin haalde de Schilder de auto leeg en begon hij het interieur schoon te maken. In televisiespots werd beweerd dat hetzelfde product in staat was wel vijftig borden af te wassen met slechts een druppel. Nou, de enorme berg schuim die in de auto ontstond was een goed bewijs. De Schilder had nu het idee dat hij met gemak wel duizend borden had kunnen schoonmaken. Op dat moment kwam er een jongen aangelopen en die was nieuwsgierig te ontdekken wat de Schilder aan het doen was. "Mijn vader maakt de auto nooit zo goed schoon," luidde zijn commentaar. "Ik ook niet," beet de Schilder geagiteerd terug, "dit is een uitzondering."

Dat was meteen de laatste keer dat hij voedsel en vloeistoffen meenam als bagage. Hij was nog jong en onervaren in die tijd en ontdekte pas later dat je al die spullen beter gewoon ter plekke kunt aanschaffen. Jaren later sliep hij in een tent in de tuin wanneer hij een vriend bezocht die in een groot landhuis woonde en wijn verbouwde op de omliggende wijngaarden. Eten en drinken kon allemaal in zijn huis of in de nabij gelegen kleine restaurants. Deze vriend, de Schilder noemde hem Oom George, was een bijzondere man. Hij was van adel en leefde alleen. Zijn huis telde dertig kamers en een hele grote wijnkelder met eikenhouten vaten. Vele jaren achtereen ging de Schilder bij hem op bezoek. Zo leerde hij veel over de druivencultuur en het produceren van wijn. Oom George was boven de zestig. Nooit getrouwd en geen kinderen. Zijn lunch werd dagelijks gebracht door de buren, een baron en barones, ook zij produceerden wijn. Zij leefden in een heus kasteel, eeuwen geleden gebouwd en goed onderhouden. Met een kapel, glazen kassen, een labyrint in de tuin, cipressen en een aanzienlijk aantal sculpturen buitenshuis. Toch hield de Schilder meer van de eenvoud die Oom George en zijn omgeving omringde. Indrukwekkend genoeg door de heuvels, de bomen en de vele wijngaarden.

De avonden had Oom George de gewoonte om te dineren in het kasteel van zijn buren, dat was tevens het enige moment van de dag dat hij televisie keek. In zijn eigen huis was geen televisietoestel, geen radio, eigenlijk niets dat op stroom werkte, behalve lampen. Hij besteedde zijn vrije tijd aan het schoonmaken en repareren van uurwerken, gewoontegetrouw op zondagmorgen. Een keer had hij de Schilder uitgenodigd op zo een morgen, zodat hij kon zien hoe dat in zijn werk ging. Oom George maakte dan een rondgang door het hele huis om te controleren welke tijd iedere klok aangaf en of ze nog wel liepen. Sommige hoefden alleen maar te worden opgewonden, andere verdienden meer aandacht en moesten bijvoorbeeld worden schoongemaakt. Die laatste nam hij zorgvuldig mee naar beneden voor een schoonmaakbeurt. Dat kon uren en uren duren, maar iets voor twaalven stopte hij dan, sommerend dat ze allebei stil moesten zijn, rees zijn vinger en keek op zijn zak horloge. Om precies twaalf uur begon een ongelooflijk concert, hoge tonen afgewisseld door lage tonen en dat allemaal in verschillend tempo. Op dat moment besefte de Schilder dat Oom George wel twintig klokken in zijn huis had. Tevreden als hij was over de uitvoering, toverde hij een grote lach op zijn gezicht. En de Schilder was ook blij om dit allemaal aan te horen, te aanschouwen en om de enige getuige te zijn. De meeste van de klokken waren erfstukken, waarschijnlijk al eeuwen oud. Hetzelfde viel te constateren voor wat betreft muziek in het huis. Eveneens een erfstuk was een ouderwetse zwarte, glimmende muziekdoos. Net als de klokken moest die worden opgewonden. Binnenin zat een metalen cilinder met kleine pinnetjes. Iedere pin maakte een ander geluid en de muziekdoos was op die manier gevuld met bekende klassieke muziek, ooit bedacht en geschreven door verschillende componisten. In plaats van een radio of grammofoonplaten was dit zijn muziek installatie. Samen genoten zij meer dan eens van de zuivere klanken die de muziekdoos kon produceren. De schilder zag en hoorde hoe Oom George muziek enorm kon waarderen. Het maakte hem gelukkig. Tegelijkertijd besefte hij hoe beperkt zijn keuze voor het luisteren naar muziek was. In het hele huis was er maar een cilinder voor de muziekdoos aanwezig.

Tijdens een volgend bezoek nam de Schilder een radio-cassette recorder mee en een aantal compact cassettes gevuld met klassiek muziekrepertoire. Oom George was zichtbaar ontroerd door het cadeau en luisterde geduldig naar de aanwijzingen voor gebruik. Toen gebeurde er iets opmerkelijks. In plaats van langdurig te luisteren naar het nieuwe apparaat, deed hij er een cassette in gedurende iets van tien minuten. Vervolgens ging hij aan het werk in de wijngaarden en floot onophoudelijk het muziekstuk, dat hij die ochtend had beluisterd. Geen overdosis, de volgende dag deed hij exact hetzelfde en ook de dagen die erop volgden. De Schilder bewonderde zijn vermogen om zo makkelijk tevreden te kunnen zijn.

Op vergelijkbare wijze kon Oom George speciale opmerkingen plaatsen. Op een dag vroeg hij aan de Schilder of hij wist wat een man gelukkig kan maken. Eerstens, zei hij, de glimlach van de vrouw die van je houdt. Ten tweede, het gerinkel van de goudstukken in je broekzak. En ten derde, vervolgde hij, het geluid van het constant stromende water uit de bron op je land. Met wederom een gulle lach gaf hij toe het laatste te genieten.

Eveneens ter verrassing was Oom George in staat om hem aan het einde van de dag te roepen, begeleid door het vriendelijke geklater van zijn waterbron op de achtergrond. Dan moesten zij plaats nemen op de houten bank voor de ingang van het huis. Zonder een woord te wisselen zaten Oom George en de Schilder dan dicht naast elkaar, genietend van de zonsondergang welk een indrukwekkend mooi panorama vormde, dat zeker meer dan een uur duurde. Dat was voor allebei een vreedzame afsluiting van de dag.

De dagen konden ook met een verrassing beginnen. Het was de Schilder niet toegestaan om wijn te kopen in een winkel. Bijna dagelijks was het eerste dat hij zag, na het openen van de ritssluiting van de tent, een groene fles gevuld met de wijn van het landgoed. In alle stilte parkeerde Oom George de wijn op die plek en hij had uitdrukkelijk verboden om wijn ergens anders te betrekken, in een winkel of waar dan ook. En zijn wijn kon je dag en nacht drinken, nooit last van hoofdpijn of een nare smaak. Hij verkocht zijn wijn in hele grote mandflessen aan kleine restaurants in de stad.

Hij nodigde de Schilder een keer uit om met hem mee te gaan voor het bezorgen van de wijn. Eerst moest hij het verhaal kwijt over zijn auto. Hij had ooit een wagen die al zeker vijfendertig jaar oud was en nog steeds in goede staat verkeerde. De garage, waar hij vaste klant was voor service en onderhoud, deed hem een aanbod. Zij wilden graag zijn oude auto inruilen tegen een exemplaar van hetzelfde merk, echter nog geen tien jaar oud. Hij kon zijn oren niet geloven, maar zei wel ja tegen het aanbod. Hij begreep nu nog niet waarom ze dit voorstel hadden gedaan. Die oude auto echter sierde nu permanent de showroom van die garage, het was vast en zeker een museumstuk.

Nadat Oom George de garagedeuren naast zijn huis had geopend verontschuldigde hij zich voor het feit dat er maar een voorstoel in de auto aanwezig was. Op die manier kon hij bij andere gelegenheden meer wijn vervoeren. Als vervangende stoel vond hij een houten krat, daar kon de Schilder op gaan zitten. Vervolgens moest de auto aan de achterbumper uit de garage worden getrokken, dat was zijn manier om brandstof te besparen, lichtte hij toe. Om zelfs nog meer brandstof te besparen, reden ze de heuvel voor zijn huis af met de motor uit en net voordat ze op een vlakke weg kwamen, had hij nog snelheid genoeg om de auto te starten en verder te rijden. Opnieuw een ervaring rijker. De bezorging van de wijn verliep prima en als beloning genoten zij samen van een uitstekende lunch.

De Schilder had het dagmenu besteld en het voorgerecht bestond uit een artisjok met bijbehorende dressing. Dat had hij - jong als hij toen was - nog nooit gegeten en hij dorst Oom George niet te vragen hoe te beginnen. Gelukkig hadden meer gasten het dagmenu besteld en met behulp van het spiegeltje in zijn opbergdoos voor contactlenzen, keek hij over zijn schouder hoe mensen achter hem in het restaurant de artisjok aten. Dat viel dus mee, gewoon de bladeren plukken, in de dressing dopen en tussen je tanden afschrapen. Hij heeft nadien nog vele artisjokken gekocht, gekookt en gegeten.

Als gevolg van het verlangen een warm land te bezoeken, had hij tijdens een reis naar het Verre Oosten zijn tweede vrouw ontmoet, met wie hij samen een lieftallige dochter had gekregen. Hij ging naar het Verre Oosten omdat een goede vriend had geadviseerd, aangedrongen eigenlijk, om daar eens heen te gaan. Tijdens een tweede reis had de Schilder zijn vrouw leren kennen. Om een einde te maken aan een onophoudelijke stroom ouderwetse correspondentie en torenhoge telefoonrekeningen, verkozen zij aanvankelijk te gaan samenwonen in Europa. En na redelijk korte tijd besloten zij zich definitief in haar thuisland in de tropen te gaan vestigen.

In Europa, waar de Schilder voldoende geld verdiende, had hij nooit tijd voor ontspanning, zelfs geen tijd om het verdiende geld uit te geven en nu viel de keuze op veel tijd, vrijheid en weinig geld. Met tegelijkertijd spannende vooruitzichten en nieuwe uitdagingen. Bovendien woonden zijn vrouw en dochter nu veel dichter bij hun familie, in tropische landen een aanzienlijk groter verlangen dan in Europa, waar een flink aantal mensen juist zo ver mogelijk van hun familie vandaan wil wonen.

Verder ontbrak nu de agenda, je kon bij de meeste mensen direct naar binnen lopen. Geen klok, de zonnestand en het verschil tussen dag en nacht hielpen om de dag naar behoefte in te delen. Scholen, supermarkten, ontspanning en soortgenoten waren ook allemaal te vinden.

Het eiland behoorde niet tot het kleinste van het eilandenrijk in het tropische land en had een internationaal vliegveld, dat maakte veel verschil. De Schilder was bereikbaar en niet van de aardbol verdwenen.

In quarantaine

De eerste dagen in het viersterren hotel, gelegen in de grootste stad van het verre eiland, had de Schilder nog niks opgemerkt. Slechts een gering aantal gasten had een kamer geboekt en zij waren makkelijk te traceren in de eetzaal of op het terras buiten. Maar gek genoeg was het merendeel der kamers, bijna honderd in totaal, bezet.

Tijdens hun verblijf in quarantaine ontdekte de film-ploeg - door observatie van de gasten en hun gedrag - dat de geheime dienst alom vertegenwoordigd was. Naast de lift, bij de voordeur van hun kamers, heen en weer lopend op het terras, dichtbij de receptie, in de ontvangstruimte. Het hotel deed goede zaken deze dagen.

Nu begrepen ze ook veel beter waar de stapel foto's van-daan kwam, foto's gemaakt van al hun activiteiten en die te voorschijn werden gehaald tijdens de ondervragingen bij immigratie. En wat een gevaarlijke zet het was van de Europese regisseur om zo dicht bij een politieke demon-stratie te gaan staan, ze stond helemaal vooraan, foto's makend op haar mobiele telefoon. De regering had zich op rellen bij het hotel voorbereid omdat het onderwerp van hun documentaire - de oude vrijheidsstrijder die zich ooit inzette voor bevrijding van zijn geboorteland - lo-geerde in hetzelfde hotel en met hem vele journalisten. De opstandelingen hadden makkelijk het hotel kunnen bestormen om wereldwijd aandacht te trekken voor hun strijd om onafhankelijkheid. Maar dat gebeurde niet. Het enige wereldnieuws was de aanhouding van de filmploeg, een stevige waarschuwing aan anderen om vooral weg te blijven in de toekomst en geen enkel verslag te doen.

De Schilder en zijn collega's waren nu benieuwd wat er zou gaan gebeuren de dag na arrestatie. De oudere man was onverwacht teruggevlogen naar de hoofdstad van het land om de president te ontmoeten. Op het allerlaatste moment was die bezoekdatum bevestigd, volgend op het herhaaldelijk verzetten diezelfde week van de afspraak op hoog niveau. Daarom was de filmploeg nog steeds in het hotel. Zij konden zo kort van tevoren geen vliegtickets meer bemachtigen om de delegatie te volgen en besloten te wachten op hun terugkeer om dan verder te werken aan de documentaire. De cameraman en de Schilder waren toe aan een paar rustdagen, ze wilden hooguit enkele locaties filmen om de sfeer van het eiland vast te leggen voor de documentaire. De dag voor de arrestatie hadden zij gedraaid van zes uur 's morgens tot twee uur 's nachts, twee werkdagen in een dag feitelijk. Met een prauw waren zij in de vroege ochtend naar een heel klein eiland gevaren om de voorbereidingen te filmen voor het welkomstfeest. Een groot feest moest het worden om de vrijheidsstrijder en de delegatie te ontvangen op het eiland waar de oudere man geboren en getogen was. Die middag filmden zij de tocht per marineschip naar hetzelfde eiland en de plechtigheden die plaatsvonden tijdens het feestelijke onthaal. De avond en nacht draaiden zij interviews met de oudere man en zijn familieleden, wetende dat de hele delegatie de volgende ochtend in alle vroegte zou vertrekken.

Maar nu zag het er naar uit dat het onmogelijk was om de productie af te ronden. De filmploeg doodde de wachttijd met het kopiëren van alle videomateriaal op een harde schijf, voor het geval de ambtenaren nog meer videotapes in beslag wilden nemen. En om te kijken of er voldoende materiaal was om de documentaire te monteren en dat was er.

Rond het middaguur werden zij verwacht in het immigratiekantoor voor verdere ondervraging. Al hun persoonlijke documenten die in beslag waren genomen lagen nog daar. Zij zouden het hoofd immigratie ontmoeten, die was echter opgehouden. Daarom wachtten zij in een nabij gelegen café om de batterijen van de mobiele telefoons op te laden en om koffie te drinken, ze moesten alert zien te blijven.

Ook daar werden zij in de gaten gehouden door mensen met een uitgevouwen krant voor hun neus, zittend op een bank en anderen liepen in en uit. Eindelijk konden zij terecht in het immigratiekantoor en de wederom aanwezige bemiddelaar deelde mee dat de opgestelde verklaringen niet ondertekend hoefden te worden (daarmee een gevangenisstraf van vijf jaar voorkomend) en dat zij naar huis konden gaan twee dagen later. Hij besefte niet dat de Schilder en de cameraman niet meer in Europa woonden, maar in het land waar zij nu verbleven. En zo was er opnieuw een probleem ontstaan, dat moest dan worden opgelost in de hoofdstad van het land. De Schilder kon zich onder deze omstandigheden echt niet meer ontspannen en die avond bestelde hij een aantal flessen wijn, die nogal kostbaar waren. Het nuttigen daarvan hielp enorm om de spanning voor alledrie te verlichten.

Neergestreken

De laatste maanden voor vertrek naar het Verre Oosten leefden de Schilder en zijn gezin als nomaden. Een week hier, een aantal dagen daar, veelal verbleven zij bij vrienden of pasten zij op een huis van vrienden die op vakantie waren. Hun eigen huis in Europa was inmiddels verkocht en schilderijen en persoonlijke bezittingen waren al ingepakt voor verdere verscheping.

Enigszins vertwijfeld kocht de Schilder zijn eerste mobiele telefoon met het idee om de laatste periode in Europa bereikbaar te zijn. Tot die tijd werden in zijn omgeving mobiele telefoons slechts gebruikt door bedrijfsdirecteuren, drugsdealers en pooiers. Daarom schaamde hij zich een beetje hier aan mee te doen. Een van zijn beste vrienden kocht eenzelfde pakket en aanvankelijk waren zij alleen elkaar aan het bellen. Vooral op ongelukkige momenten, net wanneer de Schilder op een drukke markt liep of boodschappen deed in een supermarkt. Hij probeerde op zulke momenten heimelijk een gesprek aan te nemen door de telefoon onder zijn jas te verbergen of door zichzelf te verschuilen in een uithoek van een winkel.

Tot zijn verbazing zag de Schilder in Azië dat nagenoeg iedereen zonder enige aarzeling een mobiele telefoon in gebruik had. Op straat liepen allerlei mensen rond, onophoudelijk pratend. Walkie-talkies. In een later stadium verspreidde het virus zich ook over geheel Europa, zelfs daar was het niet stil meer in bussen en treinstellen. Luidkeels werden gesprekken gevoerd over het menu die avond, de eerstvolgende vakantiebestemming en het welzijn van familieleden en vrienden. Geen wonder dat aardig wat passagiers gebruik maakten van oordoppen en koptelefoons, die hadden geen zin om het lawaai en de onzin van anderen aan te moeten horen.

Tijdens een van de bezoeken aan zijn toekomstige thuisland had de Schilder een comfortabele woning gevonden, die jaren achtereen kon worden gehuurd. Meerdere slaapkamers, kantoorruimte, een woonkamer en voldoende oppervlakte om daar te kunnen schilderen. Tuin en zwembad aan de voorkant van het huis, het zag er allemaal fantastisch uit. Bij de huur waren twee medewerkers inbegrepen en twee anderen waren snel gevonden in het aanpalende dorp. Twee jongens en twee meisjes. De jongens verzorgden de tuin en deden reparaties en onderhoudswerk. De meisjes kookten, deden schoonmaakwerk en pasten op de dochter. Ze waren stuk voor stuk erg vriendelijk en bereid om aan te pakken, overdag en 's avonds. De eerste weken moest de Schilder erg wennen aan het feit dat er elk moment iemand in en rond het huis aanwezig was. Om die reden begroette hij het personeel te veelvuldig, zijn vrouw leerde hem dat niet te doen. Gewoon doen alsof ze er niet zijn, luidde haar advies. Zij kon het weten, want zij was van klein af aan opgegroeid met personeel in huis. Maar de Schilder volgde in eerste instantie zijn opvoeding en aangeleerde omgangsregels, later veranderde hij die gewoonte.

De omgang met de huiseigenaar was een stuk moeilijker. Een Europeaan, die nu en dan op bezoek kwam. In de huurovereenkomst was afgesproken dat hij een van de logeerkamers kon gebruiken wanneer hij in het land was.

Hij begreep echter niet dat het gebruik van de woonkamer - en tegelijkertijd atelier - niet onder die afspraak viel. Hij bleef aandringen onder het mom nog steeds te willen genieten van het uitzicht dat de woonkamer bood en waaraan hij zo gewend was. Hij moest de strijd opgeven. De verstandhouding raakte echter wel verziekt. En dat incident was niet de enige tegenslag. Het personeel had van de Schilder en zijn vrouw opdracht gekregen om een mooie en verkoelende tuin aan te leggen, hetgeen was gelukt. Een heerlijke geur van bloeiende planten, schaduw van aangeplante bomen en een verse grasmat veranderden de atmosfeer compleet. De huiseigenaar wilde echter een zo leeg mogelijke tuin om badminton te kunnen spelen en na zijn volgende bezoek leek het alsof een kudde olifanten de verkeerde afslag had genomen. Alsof dat nog niet vervelend genoeg was wilde hij ook de huursom omzetten van locale valuta in Amerikaanse dollars vanwege de financiële crisis die in Azië was uitgebroken. Op die manier was ieder voordeel van geldontwaarding alweer weggevallen.

Een andere bijkomstigheid was het ongewenste nachtelijke bezoek van een inbreker. De Schilder had pas 's morgens iets in de gaten, een van de personeelsleden bonkte op de deur van de slaapkamer. Hij stond op, opende de slaapkamerdeur en tot zijn schrik lagen bijna al hun spullen verspreid door de omvangrijke tuin aan de voorkant van het huis. Uiteraard ontbraken allerlei voorwerpen van waarde, zoals sieraden en een fotocamera. Contant geld was ook verdwenen en de Schilder prees zich zelf gelukkig dat hij een dag eerder een aanzienlijk bedrag op een bankrekening had gestort. Vreemd dat de inbreker in de slaapkamer was geweest, waar alles van waarde had gelegen. Zijn vrouw had wel iets gemerkt, maar was bang voor een schrikreactie van de inbreker. Daarom had zij de Schilder niet wakker gemaakt, voor hetzelfde geld had hij een messteek kunnen oplopen. En inderdaad lag er pal voor de slaapkamerdeur een sikkelvormig mes, zo voor het grijpen.

Alles bij elkaar veranderde de Schilder van gedachte. Lange termijn huur moest zo snel mogelijk een korte huurperiode gaan worden. Dat was de aanzet om geschikt land te vinden in de nabije omgeving, waar zij zelf een huis konden gaan bouwen.

Check out

De zenuwachtige filmploeg besteedde de tweede en laatste dag in quarantaine in het hotel aan het maken van grappen over de ongewenste situatie waarin zij waren beland. Wat konden zij anders doen?

Deze dag konden zij niet vertrekken omdat er nog geen bevestiging van het hoofdkantoor van immigratie was over hun status. En ze moesten - onder begeleiding van immigratie ambtenaren - ook nog vliegtickets kopen. De Schilder ontdekte dat hun mobiele telefoons werden afgeluisterd en dat het ontvangstsignaal enorm fluctueerde. Telkens wanneer hij zijn kamer verliet stond er een persoon te wachten bij de liftdeuren. Uit beleefdheid nodigde hij de ander om voor te gaan, maar dat gebaar werd afgeslagen en de persoon draaide zich om. Hij stond daar vast en zeker in opdracht om mee te delen wanneer de gasten hun hotelkamer verlieten.

De filmploeg was nog steeds geamuseerd door het feit dat de chef immigratie de vorige dag - gedurende een van de vele pauzes in de kantine - televisie aan het kijken was met een van zijn collega's. Een gloednieuw LCD-scherm trouwens. Zij stonden aan de linkerkant van het scherm en de Schilder en de cameraman aan de rechterkant. Het locale nieuws werd uitgezonden, waarin beelden van de arrestatie van de filmploeg, de ondervraging, het commentaar van de provinciale bestuurder en een interview met de chef immigratie die daar nu stond. Hij oogde tamelijk tevreden over zijn verschijning in de reportage.

Naast het maken van grappen en na enige ontspanning, voltooide de filmploeg het nalopen van alle videomateriaal in een van hun kamers. Dat zorgde in elk geval voor een positief gevoel. En om te pauzeren gingen zij naar buiten op het terras. De zon scheen, de baai voor het hotel zag er geweldig uit, allerlei schepen passeerden in zilverkleurig licht, het eten was van goede kwaliteit en de kamers waren van alle gemakken voorzien. Vanuit zijn raam zag de Schilder van dichtbij een prauw met een man aan boord. Hij herinnerde zich een schaalmodel van dezelfde boot, die hij in zijn kindertijd bezat. Ook uit hout vervaardigd en lange tijd bewaarde hij die prauw in zijn kamer, dromend over de plek waar deze boot vandaan zou kunnen komen. En hier was die plek na zoveel jaren.

Van de buitenkant bekeken waren de omstandigheden dus redelijk goed. Maar de Schilder was nog nooit zo rusteloos geweest, niet wetende wat de volgende stap zou zijn na het verlaten van dit verre eiland. Daar kwam nog bij dat hij het eiland nauwelijks gezien had, slechts de binnen- en de buitenkant van het hotel de afgelopen dagen.

De volgende dag, heel vroeg in de ochtend, pakte de filmploeg al hun bagage, inclusief de filmuitrusting, voldeden zij de hotelrekeningen en was de check out een feit. De ambtenaren van immigratie zouden naar het hotel komen om hen naar het vliegveld te begeleiden en om hun paspoorten te retourneren. Geen ambtenaren te zien echter en om te voorkomen dat zij hun vlucht zouden missen, namen zij op eigen houtje een taxi. Er is een gezegde in het land dat tijd elastisch is, als rubber, en het leek erop dat de ambtenaren dat wilden bevestigen. Dan maar vertrekken zonder de paspoorten, die konden wel opnieuw worden aangevraagd bij de ambassade in de hoofdstad van het land.

Nog altijd zenuwachtig en rusteloos liepen zij heen en weer in de vertrekhal op het vliegveld. Maar gelukkig werden ze tijdens het wachten op hun vertrek door niemand benaderd. Wat een opluchting het moment dat zij plaatsnamen in hun stoel aan boord van het toestel! Wat een schrik toen een immigratie ambtenaar het toestel binnenstapte, net voordat een stewardess de deur wilde sluiten. Gelukkig kwam hij alleen om een bruine envelop - waarschijnlijk gevuld met hun identiteitspapieren - te overhandigen aan de gezagvoerder in de cockpit. Tijdens het verlaten van het vliegtuig keurde de ambtenaar de filmploeg geen blik waardig.

Voor hen was het hoofdstuk gesloten, zij hadden hun werk goed gedaan.

Een nieuw thuis

Dankzij de verstoorde relatie met de verhuurder was snelle actie geboden. Met behulp van de locale bevolking en hun eigen personeel bekeken de Schilder en zijn vrouw een respectabel aantal grondstukken waarvan bekend was dat het land te koop was. Alles bij elkaar ongeveer vierenveertig locaties in de directe omgeving. Bij meer dan de helft van de grondstukken was binnen een halve minuut duidelijk dat het niet aan hun verwachtingen voldeed.

Maar er waren heel aantrekkelijke bij en na iedere bezichtiging maakte de Schilder schetsen voor een eventuele opzet van een huis, rekening houdend met de eigenschappen van de locatie. Aanvullend maakte hij een kaart van de omgeving, waarop de gemiddelde prijzen voor bouwgrond stonden vermeld en de afstanden tot de nabijgelegen kleine stad, waar winkels en andere faciliteiten zich bevonden. Hoe dichter bij het centrum, hoe hoger de prijs natuurlijk. Het was tevens een goede gelegenheid om de omgeving en het mooie landschap te verkennen. Soms was het grondstuk bovenop een heuvel gelegen, uitnodigend om een drive-in woning te maken en het atelier aan de rand te plaatsen voor het beste uitzicht. Maar met het risico dat kinderen gemakkelijk naar beneden konden vallen en niemand wil dat laten gebeuren.

Een andere keer was de locatie helemaal goed, maar ontbraken bomen voor de nodige schaduw. Dan zijn nog vele jaren nodig om op natuurlijke wijze schaduw te creëren, geen prettig idee in een heet, tropisch land. Er was een interessant stuk land, licht glooiend en eindigend aan de oevers van een grote rivier. Te vochtig en te weinig zonneschijn. En een aantal stukken land waren in principe prima, maar er was geen weg om er te komen. Niet makkelijk wanneer je een auto wilt gebruiken en wanneer je bouwmateriaal wil laten afleveren. Om maar niet te spreken over de hevige stortbuien die in het regenseizoen konden vallen.

Zij wilden in elk geval land dat naar het westen georienteerd was. De schilder had vrienden - vroege vogels - die het oosten prefereerden om zo van de zonsopkomst te kunnen genieten. Hij wilde het tegenovergestelde, genieten van de zonsondergang en daarbij het verbazingwekkende palet aan kleuren kunnen aanschouwen.

Gewoontegetrouw was de Schilder meer bezorgd over hoe de ligging van de bedden in de slaapkamers zou zijn. Hij wilde met zijn hoofd naar het noorden of het oosten slapen, hetgeen sinds zijn kindertijd nagenoeg altijd gelukt was. Van iemand die veel wist over magnetisme en energie had hij dit ooit gehoord en hij volgde het advies. Niet eens wetend of het al dan niet waar was, maar hij sliep altijd uitstekend. Via internet las hij slechts tegendraadse berichten over dit onderwerp.

Uiteindelijk won het vierenveertigste grondstuk. Goed toegankelijk, niet ver van de stad, een locale markt om de hoek, droog land met verschillende niveau's, een behoorlijk aantal bomen, fantastisch uitzicht en dat alles tegen een acceptabele prijs. Misschien hielp het dat de verkoper, een dorpsgenoot, nogal stevige schulden had ten gevolge van zijn goklust. Deze transactie zou hem zeker goed doen om beter te kunnen slapen.

Na de overdracht moest het land worden opgemeten.

Ambtenaren in lichtbruine uniformen kwamen langs voor dit karwei. Uitgerust met optische instrumenten gingen zij aan de slag, hier en daar planten snoeiend waar hun uitzicht werd belemmerd. Ploegend door de uithoeken van het land kwamen zij ook verrassingen tegen, zoals bijennesten en slangen. Maar de ambtenaren waren hierdoor niet uit het veld geslagen en deden hun uiterste best om het geheel in kaart te brengen op de juiste schaal. Kort daarop moesten de buren tekenen voor akkoord omtrent de vastgestelde grenzen, hetgeen geschiedde. Ondertussen had de Schilder een architect gevonden die gespecialiseerd was in tropische architectuur. Hij had enkele van diens gerealiseerde projecten bezichtigd. Die zagen er overtuigend uit en waren opgetrokken uit eerste klas materiaal. Regelmatig ontmoetten zij elkaar in zijn kantoor om plannen en details uit te werken. Beide gewapend met allerlei kleuren viltstiften, wandelden de architect en de Schilder over de schetsmatige tekeningen. Lijnen trekkend en zich buigend over de juiste niveau's, de looproute en verschillende functies. Geholpen door deze wonderbaarlijke, gekleurde spaghetti verbeterden zij de schetsen voor de totstandkoming van de gewenste tropische villa.

De eerste zichtbare stap was de bouw van een stevige muur rond het land, toegankelijk via een ijzeren hek en de oprichting van een stenen wal om te voorkomen dat grond kon wegspoelen door hevige regenval. Toen dat gedeelte klaar was voelde de Schilder zich min of meer gevestigd op die plek, ondanks het ontbreken van enige andere constructie.

Aankomst

Tijdens de vlucht naar de hoofdstad met de andere leden van de filmploeg, voelde de Schilder zich nogal gefrustreerd. Nu, vanuit de lucht, kon hij zien welk deel van het verre eiland hij had misgelopen. Aanvankelijk was er het plan om na het filmen verschillende uithoeken van het eiland te gaan bezoeken. Vissersdorpjes, donkerblauw gekleurde meren, vriendelijk glooiende groene heuvels, dit alles kon nu niet meer van dichtbij worden bekeken. En het was hem zelfs niet toegestaan om een kijkje van dichtbij te nemen op de landkaart in het immigratiekantoor. De Schilder nam zich voor de reis nog eens over te doen via Google Earth, dan kon hij ook in- en uitzoomen, wat in het vliegtuig natuurlijk onmogelijk was.

Bij aankomst op het vliegveld in de hoofdstad werd de deur van het toestel geopend en nog voorin in hun stoel gezeten, zag de filmploeg als eerste een ambtenaar van immigratie, die de bruine envelop overhandigd kreeg door de gezagvoerder van die vlucht.

Terwijl zij uit het vliegtuig stapten, zagen zij nog meer mensen van immigratie en personeel van de ambassade, een politie functionaris uit hun thuisland inbegrepen. Ze werden verplicht om te volgen, dwars door het overstap gedeelte van de luchthaven met een lange tocht voor de boeg.

Aangekomen in het immigratiekantoor ter plekke, hing

er een verdachte stilte, zelfs het ambassadepersoneel zei geen woord.

De baas van de dienst immigratie op het vliegveld had het voorrecht om de envelop open te mogen maken. Rode stempels voor twee leden van de filmploeg, de regisseur en de cameraman, hetgeen betekende dat zij het land de volgende dag dienden te verlaten. De Schilder ontving de instructie zich te melden bij de immigratie afdeling op het eiland waar hij woonde, zijn papieren lagen immers daar.

De cameraman was totaal verslagen, ontredderd en extreem verdrietig bij het vernemen van deze uitkomst. En dat na al die onderhandelingen die plaats hadden gevonden op het verre eiland. Voor de regisseur maakte het niets uit, zij woonde in Europa en wilde zonder meer naar huis. Zij had het land, meer dan eens, bestempeld tot bananen republiek.

Het ambassadepersoneel voorkwam dat de filmploeg zou worden vastgezet op het vliegveld, een normale gang van zaken bij onmiddellijke deportatie. Ze mochten de laatste dag doorbrengen in een hotel in het centrum van de stad onder begeleiding en toezicht van het ambassadepersoneel om te voorkomen dat zij zouden vluchten. Want dat was natuurlijk een van de eerste reacties van de cameraman, hij wilde onderweg naar het hotel uit de taxi stappen en verdwijnen. Maar hij zag uiteindelijk ook wel in dat die daad de situatie alleen maar zou verergeren.

Samen met de ambassade mensen dronken zij wat in de buurt van het hotel en kregen te horen dat hun acht jaar gevangenisstraf boven het hoofd hing toen zij nog op het verre eiland waren. Vijf jaar voor misbruik van het visum en drie jaar voor het draaien van de video die in beslag was genomen. De regisseur wilde niet geloven dat deze voorspelde zware straf waar kon zijn, de Schilder en de cameraman geloofden dat wel. Zij had geen woord verstaan van wat er tijdens de aanhouding werd gezegd.

Maar de Schilder kon zich heel goed belangrijke delen van het gesprek tussen de immigratie ambtenaren herinneren. Zij had geprobeerd hen te intimideren door luid en duidelijk de ambassadeur, de minister van buitenlandse zaken en vele anderen in haar thuisland te bellen. De onderzoeksambtenaar werd steeds nerveuzer door haar gedrag en zei tegen zijn collega dat die 'bitch' het eerst naar de gevangenis moest worden gebracht.

De cameraman en de Schilder wisten wel hoe je met zulke ambtenaren moest omgaan, gewoon vragen stellen over hun gezin, hun favoriete eten en de plaatsen waar ze voorheen waren gestationeerd. Zij wisten dat je respect moest hebben voor het werk dat zij grondig pleegden te doen. Om die reden werd de 'bitch' apart genomen voor verhoor in een andere kamer. Nu, samen gezeten met het ambassadepersoneel, wist zij dat ze spoedig het land moest verlaten en zij was de enige die opgelucht was.

Bij terugkeer in het hotel zat er een lange man dichtbij de receptie. Hij keek naar een foto in zijn mobiele telefoon en vroeg aan de Schilder of hij de Schilder was. Ter toelichting vertelde hij op zoek te zijn naar de cameraman. In opdracht van de minister van sociale zaken, hij was zijn senior adviseur, moest hij ervoor zorgen dat de cameraman niet de volgende dag uitgezet zou worden, maar in staat zou worden gesteld om een nieuwe verklaring af te leggen op het immigratiekantoor in de hoofdstad. De cameraman kon hem wel kussen, het goede nieuws beseffend. Nu was er weer perspectief.

Bouwen

De Schilder vond dankzij zijn nieuwe netwerk een bouw-
kundig ingenieur met ervaring. Onder zijn toezicht zou
het hele bouwproces voor de villa plaatsvinden en worden
gecontroleerd op details, zoals die uitgebreid terug te vinden waren in de verzameling blauwdrukken. Hij was het,
die een groep van ongeveer vijftig mensen had geselecteerd voor de bouw en aanverwante werkzaamheden.

Deze groep kwam van een ander eiland. Voor hen was
het heel gewoon om lange tijd ver van huis te zijn en
binnen een mum van tijd hadden zij een klein dorp op-
gericht naast het bouwproject. Een dorp bestaande uit
verpakkingsmateriaal, bamboe en andere spullen die zij
in de omgeving hadden gevonden. De enige aanwezige
vrouw in het kleine dorp ontfermde zich over de centraal
gelegen kookplaats, waar zij onophoudelijk voor kokend
water zorgde. Zij was gehuwd met de baas van de bouwvakkers.

De Schilder leende hen een kleine kleurentelevisie ter
ontspanning. Die werd met enthousiasme ontvangen en
was de aanleiding voor het maken van een klein buiten-
theater met een zeildoek tegen eventuele regen. Hij zag al
snel dat boksen en voetballen hun favoriete onderwerpen
waren op TV. De Schilder was verrast te ontdekken dat
deze mensen onder heel eenvoudige leefomstandigheden
al tevreden konden zijn. Zij liepen op blote voeten, namen

47

een bad in de rivier en waren in staat om samen met verschillende collega's in een piepklein huisje, gemaakt van karton en triplex, te slapen. En zij werkten hard, zeven dagen per week. De meeste bouwwerkzaamheden werden uitgevoerd met de hand en met simpel gereedschap.

Cement mengen, graven in de grond, materiaal verplaatsen hout zagen, er was geen enkele machine aanwezig om dat werk te verlichten. Met als gevolg dat - vergeleken met de stad - de bouwplaats heel stil was. Maar het indrukwekkend aantal arbeidskrachten hielp enorm om vooruitgang te boeken. Allereerst was het personeelsgedeelte klaar en daar ging de Schilder aanvankelijk wonen. Van daaruit kon hij de rest van het project begeleiden, het atelier, de logeerkamers, de keuken, de eetkamer, de lotusvijvers en het zwembad. Iedere ochtend konden de ingenieur en de baas van de bouwvakkers hem opzoeken om advies te vragen. Hij maakte onmiddellijk schetsen om details toe te lichten of een ontwerp te maken waar een oplossing werd verlangd. En hij leerde de locale taal beter te verstaan en te spreken, in elk geval voorzover het met bouwen te maken had.

Tegelijkertijd was de bouwplaats een ideale speelplek voor zijn dochter. Overal lagen zandhopen, stonden er ladders om op te klimmen, waren er kranen met stromend water en was er altijd een handvol mensen om aandacht aan haar te besteden. De mensen hier hielden extreem veel van kinderen om zich heen. In de restaurants bijvoorbeeld kon je bij binnenkomst meteen je kind in de armen van een serveerster parkeren. Zij was dan verheugd om te kunnen oppassen en zelf was je verheugd om ongestoord van de maaltijd te kunnen genieten.

Maar het kon ook wel eens mis gaan. De Schilder wilde een keer het land verlaten om vrienden te bezoeken. Na het inchecken droeg hij zijn dochter en kwam zijn vrouw aangelopen, begeleid door een ambtenaar van immigratie. Ze keek nogal beteuterd. Hun koffers zouden weer uit het vliegtuig worden gehaald, ze konden niet vertrekken luidde de boodschap. Samen gingen zij daarop naar het immigratiekantoor voor verdere toelichting. Vanwege het soort verblijfsvergunning dat de dochter had, moest zij ook beschikken over een uitreisvergunning wanneer zij het land verliet. De Schilder wist dat helemaal niet en vroeg waar hij zo een vergunning kon bemachtigen. Op het hoofdkantoor in de stad was het antwoord. Dat zou uren in beslag gaan nemen en het vliegtuig stond bijna op het punt om te vertrekken. Dat zou op geen enkele manier kans van slagen hebben. Hij informeerde of de documenten van de ouders in orde waren. Dat was inderdaad het geval. Een degelijke oplossing was nu noodzaak.

"Jullie zorgen voor mijn dochter, wij komen over twee weken terug en ik wil absoluut geen klachten of slecht nieuws over haar horen bij terugkomst. Jullie zijn verantwoordelijk voor haar welzijn, wij vertrekken," blufte de Schilder. Dat had effect. Binnen vijf minuten stonden de verlangde stempels in haar paspoort en waren zij nog net op tijd om de geplande vlucht te halen.

De bouwvakkers waren altijd blij wanneer de Schilder hun dorpje bezocht om koffie te drinken en om een beetje te kletsen. De lucht was vervuld van de geur die werd verspreid door het bereiden van de lunch. Er liepen kippen in de rondte. Iedere dag weer een vredige omgeving waar geen stress of hectische gevoelens aanwezig waren. Een keer per jaar gingen alle werkers naar huis voor een grote ceremonie en om zich bij hun familie te vervoegen. En om cadeau's mee te nemen en de huishoud portemonnee te vullen uiteraard. In die tijd zag het dorpje eruit als een spookstad en hetzelfde gold voor de bouwplaats. Een bijna onnatuurlijke stilte domineerde de hele omgeving wanneer de grote groep was vertrokken. De Schilder was zo gewend om elke dag veel mensen te zien en te spreken, dat hij pas tegen de stilte kon toen de groep al weer bijna teruggekeerd was.

Wachtend op nieuws

Toen de filmploeg uiteindelijk terugkeerde in de hoofdstad was de Schilder verward door de hele situatie rond
de eventuele uitzetting en de positie die hij in zou moeten nemen. Hij was wel blij om nu zijn vrouw en dochter
te kunnen ontmoeten. Die waren een aantal weken in de
hoofdstad om familie te bezoeken. De Schilder kon hen
ontvangen in zijn hotel aangezien het hem niet was toegestaan die locatie te verlaten. Deed hij dat wel, dan werd
onmiddellijk door agenten gerapporteerd waar hij heen
ging en zij volgden hem dan ook.

Aan de andere kant was de Schilder in de war door de
relatie met zijn vrouw. Ruim een jaar eerder was zij radi-
caal veranderd. Voorheen was zij gematigd religieus, bezig met het geloof zoals Christenen dat doorgaans gewend
zijn te doen. Maar er was iets gebeurd tijdens een van zijn
reizen naar Europa. Zij was in de hoofdstad van het eiland
naar een kerk geweest, waar een alom bekende buitenlandse predikant zou verschijnen. Een predikant van het
soort dat ook optreedt in televisieprogramma's, dat zieke
mensen zou kunnen genezen en verkondigde dat ieder
mens zondig is. Sinds de ontmoeting met die predikant
was zij vervuld van de Heilige Geest en werd zij verliefd op
Jezus. Dat was nogal wat om mee om te gaan, de Schilder
was min of meer een atheïst, meer humanist en was zeker
niet ontvankelijk voor extreem gedrag op geloofsgebied.

Toen hij terugkwam van een korte reis naar Europa werd hem niets verteld. Stap voor stap kwam hij tot de ontdekking dat andere mensen dan gewoonlijk bij hem thuis op bezoek kwamen. Plotseling lagen er overal Bijbels in de woonkamer. Zij deed verwoede pogingen hem bij dit alles te betrekken. Rituelen vonden plaats op allerlei plekken in huis, waarbij mensen rond een aantal stenen beelden dansten. Bepaalde planten moesten uit de tuin worden verwijderd. Bovendien verdween langzaamaan iedere mogelijkheid tot het voeren van een normaal gesprek. Iedere opmerking of vraag van de Schilder werd beantwoord met teksten die bol stonden van de religieuze opvattingen en beweringen.

Een dilemma deed zich nu voor. De Schilder hield veel van zijn vrouw, maar hij herkende haar nauwelijks meer. Zij was zo verlicht, onbereikbaar en ver van huis. Vanuit haar veranderde opvattingen gaf zij ook veel negatief commentaar op zijn vrienden. Beetje bij beetje begon de Schilder zich verloren te voelen in zijn eigen huis. Hij bezorgde een aantal van zijn vrienden ongetwijfeld hoofdpijn wanneer hij over de situatie wilde praten, zij benijdden hem niet. Een extra moeilijkheid was dat de zussen en enige broer van zijn vrouw op dezelfde manier bezig waren. Zij waren allen verlicht en bezig met bidden zoals alleen fanatiekelingen dat doen.

Door één gebeurtenis was de Schilder woedend als nooit tevoren in zijn hele bestaan. Hij bezocht de hoofdstad om samen met zijn schoonfamilie oudejaarsavond te vieren. Met retourtickets op zak om na een week weer terug naar huis te gaan. De dag voor vertrek pakte zijn vrouw haar spullen in een koffer, alles leek heel gewoon. De volgende dag - de taxi was gebeld en al onderweg - begon zij te huilen en vertelde de Schilder dat zij en hun dochter niet naar huis gingen. De Schilder was heel verbaasd en informeerde wat de reden was. De zus van zijn vrouw had een visioen gehad over een natuurramp die zich dat weekeinde zou voltrekken in de buurt van hun huis en dat was voldoende reden om niet te vertrekken. Hij weigerde naar dit soort onzin te luisteren en zelfs - stel dat er een ramp stond te gebeuren - benadrukte hij, dat je dan juist moest gaan om mensen hulp te kunnen bieden. Maar zij en haar familie waren op geen enkele wijze te overtuigen. Met als gevolg dat de Schilder - tijdens de vlucht naar huis - alleen zat met twee lege stoelen naast zich. Sinds die dag voelde hij zich een gescheiden man en de week die volgde, zo niet langer, was hij ontzettend kwaad.

Deze gebeurtenis en vervolgens ook nog andere teleurstellingen hadden zijn verwarring veroorzaakt. Hij overwoog met zijn relatie te stoppen, niet wetend hoe verder te gaan en om hevige botsingen te voorkomen. Tegen de andere leden van de filmploeg sprak hij over zijn aanstaande ex. Maar tijdens hun ontmoeting in het hotel probeerde hij niet te veel hieraan te denken. Hij genoot ervan met zijn dochter te zwemmen en negeerde vooral dat zijn vrouw aan het luisteren was naar halleluja muziek op haar iPod.

De cameraman werd uiteindelijk niet gedeporteerd. Na een hernieuwde ondervraging op het hoofdkantoor van immigratie, werd een nieuwe verklaring opgesteld en mocht hij naar huis, daar de uitkomst afwachtend.

Wel moest er op heel korte termijn een aanzienlijk bedrag worden betaald als boetegeld en een goede vriend van de Schilder hielp om dat geld op tafel te krijgen. De Schilder ging ook naar huis en werd eveneens verplicht om een nieuwe verklaring af te leggen, echter in het immigratiekantoor dichtbij zijn woonplaats.

Dat gebeurde in aanwezigheid van zijn sponsor, die zijn verblijfsvergunning had geregeld. Zij was erg nerveus en probeerde zelf alle antwoorden te geven op de gedetailleerde vragen die door een jonge, onervaren ambtenaar werden gesteld. Later kwam de Schilder er achter - via andere sponsors - dat zij niet de waarheid had verteld. De educatieve stichting die zogenaamd de Schilder in dienst had genomen bleek niet te bestaan. Extra geld dat hij had betaald om schoolgaande kinderen te steunen was - zo hoorde hij - in haar eigen zak verdwenen. Deze feiten maakten zijn verblijfsvergunning ongeldig en bood immigratie en de geheime dienst een uitstekend motief om hem zo snel mogelijk het land uit te zetten. De Schilder had eveneens zijn boetegeld betaald, maar die betaling werd niet meer geaccepteerd en kwam retour. Plotselinge inflatie had schijnbaar de prijs enorm opgedreven. En zo kwam het dat de cameraman in staat was te blijven en de Schilder diende te vertrekken. Een nogal onverwachte wending na een zeer enerverende periode, de gehele maand wachtend op nieuws.

55

Het dorp

De bouw van de villa in het dorp vorderde gestaag. Van ontwerp op papier tot een heus gebouw. Bijna elke dag reden trucks en bestelauto's af en aan. Om hout, ijzer, cement en ander bouwmateriaal te bezorgen. Van 's morgens vroeg tot aan de schemering waren bouwvakkers overal aan het werk.

Bezoekers - waaronder vrienden van de Schilder - kwamen langs om de vorderingen te bekijken. Ambtenaren arriveerden om identiteitspapieren van de werklui te controleren. Personeel van het architectenbureau dook op om nieuwe bouwtekeningen te brengen. Aannemers en onderaannemers waren aanwezig om de voortgang in het bouwproject in de gaten te houden.

De villa leek wel een dorp op zich. De dagelijkse spreekuren tussen de Schilder en de opzichter gingen onophoudelijk door. Het hele project vroeg om veel geduld en ook begrip voor de locale manier waarop een huis wordt gebouwd. De bouwvakkers begrepen nooit, wanneer zij een bouwtekening lazen, wat het noorden en wat het zuiden was en waar wat moest komen. Onverstoorbaar waren zij in staat om de tekeningen op zijn kop te houden en zo te bekijken. Of waren zelfs helemaal vergeten om de tekeningen te raadplegen voordat ze aan de slag gingen. Dat was tegelijkertijd ook de charme van het hele project. Het kon gebeuren dat - wanneer iemand een gat in de muur stond te hakken voor het plaatsen van een raam - deze opening twee meter verwijderd was van de plaats die op een tekening stond aangegeven. Oeps, met een grote glimlach metselde de bouwvakker de verkeerde opening dan weer dicht en begon opnieuw op de plek waar hij moest zijn.

De Schilder leerde om vooral niet boos te worden, maar met eenzelfde glimlach te reageren. Een keer stond een pas gemetselde muur helemaal uit het lood. Het verschil tussen de onder- en de bovenkant was tenminste twintig centimeter. Oh, dat kon je met stukwerk wel corrigeren, merkte de bouwvakker op. Overduidelijk dat hij niet degene was die de cement moest betalen om dat op te lossen. En dat hij vergeten was om met het juiste gereedschap de verticale stand van de muur te controleren. Vrolijk fluitend brak hij de muur weer af en begon van voren af aan weer op te bouwen, geen probleem.

Een andere dag vroegen de Schilder en de opzichter aan een werknemer of hij de ankers wel had geplaatst om de muur met een betonnen kolom te verbinden. Hij twijfelde, de muur moest daarom weer worden afgebroken en inderdaad, hij was ze vergeten. Dit soort controles hielp enorm om andere fouten te voorkomen. De bouwvakkers waren altijd goed gehumeurd, zelfs na dit soort vergissingen. Maar veel hing af van de benaderingswijze. Blijven lachen was een belangrijk motto.

Evengoed waren er momenten dat de Schilder dit motto niet in praktijk kon brengen. Na een aantal maanden stuurde een werknemer een anonieme brief, waarin hij schreef dat er 's nachts flink handel werd gedreven rond het huis. Voorraden cement en ijzer vonden hun weg naar deze zwarte markt, beetje bij beetje, zodat de opzichter er geen lucht van kreeg.

Op een dag was er concreet bewijs. Een tegelzetter

was aan het werk in een van de badkamers en de Schilder wist dat hij twintig procent extra tegels had besteld in
het geval van breuk of foutief snijden. Ruim halverwege
het werk kreeg de opzichter van de tegelzetter te horen
dat zijn voorraad tegels op was. Verschillende personen
werden ondervraagd en de nachtwaker gaf toe dat hij
een paar mensen iets zwaars had zien wegdragen van de
bouwplaats vandaan. In plaats van hen tegen te houden,
kon hij precies vertellen wanneer en hoe laat het gebeurd
was. Maar hij was te bang om in te grijpen. En door zijn re-
laas te vertellen, introduceerde hij onderwijl automatisch
zijn laatste werkdag in het project.

In feite had de Schilder problemen met al de nachtwakers die hij inhuurde. Gedurende enig tijd had hij twee
nachtwakers, dorpsgenoten hadden hem overtuigd dat
een koppel beter zou functioneren. Om hun kwaliteit te
toetsen liep de Schilder een keer 's nachts door het project.
Ze lagen allebei in een gedeelte van de villa in aanbouw,
de toekomstige eetkamer. Snurkend tijdens een diepe
slaap. De Schilder greep een aantal metalen voorwerpen
en verplaatste die met veel lawaai. Totaal geen reactie van
de nachtwakers, potentiële dieven hadden heel wat kunnen buit maken. Vervolgens zette hij de stereo installatie
aan, een CD bevattend met klassieke Spaanse zang. Dat
had effect. Waarschijnlijk hadden de nachtwakers nog
nooit zoiets gehoord en schrokken zij direct wakker. Ook
zij werkten niet lang in het bouwproject.

Een ander - hij was in dienst toen de villa al afgebouwd
was - was een gewoonte drinker. Omdat hij 's nachts hon-
ger kreeg, ving hij geregeld een koi karper, grilde die en
genoot op die manier van maaltijden die bijna honderd
dollar kostten. Totdat de vijver leeg was en hij er vanzelf
achter kwam dat hij zijn baan nu wel kwijt was. De Schil-

der besloot later om twee honden uit de buurt te nemen, die deden hun werk uitstekend, dag en nacht. Achteraf begreep hij veel beter waarom ieder grondstuk in de buurt door honden werd bewaakt.

De inwoners van het dorp waren vriendelijk maar erg zuinig met het geven van hints en adviezen. Een kleine groep oude wijze mannen verzorgde de introductie. Zij vroegen een geldbedrag als entreebewijs in de gemeenschap, als bijdrage aan sociale activiteiten en zij zetten uiteen dat de Schilder - voor het geval hij zou overlijden - niet in het dorp begraven mocht worden. Een korte maar krachtige uiteenzetting.

Wanneer dorpsgenoten de bouwplaats bezochten, was het meestal om geld te vragen als bijdrage aan een sport toernooi of voor een plaatselijke dansavond. Soms alleen maar om de ladder te lenen voor een aantal dagen. De Schilder kende de mensen uit het dorp nauwelijks, maar zij wisten precies wie hij was.

Trouwpartij en sashimi

De Schilder had een dag voor deportatie nog steeds het idee dat een positieve ontwikkeling mogelijk was. Omdat hij het boetegeld had betaald was zijn verwachting wel het land te moeten verlaten, echter met de mogelijkheid onmiddellijk terug te kunnen keren en met de verplichting een geheel nieuwe verblijfsvergunning te moeten aanvragen.

Maar het liep anders de volgende dag. Hij kreeg het verzoek zich te melden bij het immigratiekantoor en daar werd gevraagd naar zijn vliegticket om te bewijzen dat hij het land zou verlaten. De Schilder wilde naar een trouwpartij van een goede vriend in een buurland, die datum stond vast. Daarna wilde hij gedurende korte tijd een Japans eiland bezoeken, een land dat hem sinds lange tijd al nieuwsgierig had gemaakt. Vanwege de te verwachten cultuurschok. En om een aardige dame te bezoeken die daar woonde en werkte. Via een sociale netwerksite op internet waren ze elkaar tegengekomen en zij had voorgesteld, wanneer hij een keer het land zou bezoeken, om zijn gids te zijn. Ze had aangegeven dat het niet makkelijk zou zijn om op eigen houtje rond te trekken.

Hij werd 's middags op het vliegveld verwacht, waar een ambtenaar hem zou opvangen. Tijdens het wachten in het immigratiekantoor aldaar liepen vele ambtenaren in en uit, rode stofmappen onder hun arm dragend, die van hem incluis. Uiteindelijk werd hij door een ambtenaar benaderd, die hem toestond afscheid te nemen van zijn vrouw en dochter en die hem naar het vertrekkende vliegtuig begeleidde. Het viel hem zwaar om zijn gezin achter te moeten laten, vooral zijn dochter. Beiden hadden zij tranen in de ogen, niet wetende wanneer ze elkaar weer zouden terugzien.

Bij het vliegtuig aangekomen ontving de Schilder bij de entree zijn paspoort, opende het en zag het rode deportatie stempel. Mondeling werd hem gezegd een jaar weg te moeten blijven. Hij had echter bagage voor een week bij zich vanuit een totaal andere verwachting. Verslagen zat hij in het vliegtuig, het meest van alles dacht hij aan zijn twaalf jaar oude dochter. Nog nooit was hij zo ongemotiveerd op reis gegaan. Op weg naar de trouwpartij moest hij een tussenstop maken - opnieuw - in Düsseldorf in Azië. Zijn oorspronkelijke ticket - rechtstreeks naar de trouwpartij - was verlopen dankzij immigratie, maar die konden zich niet druk maken om zulke details.

Die trouwpartij was op zijn minst een welkome afleiding. Een aantrekkelijke uitdossing aan de oevers van een groot meer. Met papieren lampions die vriendelijk zwaaiden in een lichte bries. Met de aanwezigheid van enkele vrienden die hij eerder elders had ontmoet. Feestelijk uitgedoste mensen alom. Uitnodigende tafels gevuld met eten en drinken. Levende muziek, uitgevoerd door muzikanten en DJ's. Op dit feest kwam de Schilder een landgenoot tegen, die in de buurt woonde en voor zijn bestaan koekjes bakte en allerlei worsten fabriceerde. Hij raadde de Schilder aan niet meer in een hotel te verblijven, maar de volgende keer na zijn reis naar Japan bij hem en zijn gezin te komen logeren. Hij nam de uitnodiging van harte aan. De locatie waar het trouwfeest plaatsvond was uren rijden van het vliegveld vandaan en middenin de nacht vertrok de Schilder om op tijd te zijn voor zijn vlucht naar de volgende bestemming, Fukuoka in Japan. Makkelijk terug te vinden op de kaart die ze tijdens de internationale weersverwachting op televisie lieten zien.

Zoals beloofd werd hij door zijn vrouwelijke gids verwacht. Na het inchecken ontmoetten zij elkaar in de lobby van het hotel. De Schilder wist toen nog niet dat zij uren rijden van het hotel vandaan woonde, des te groter was de verrassing dat zij er was. Ze had de hoge snelheidstrein genomen om reistijd te besparen.

Ze zochten eerst een eenvoudig restaurant in de buurt van het hotel. Hij was onder de indruk bij de eerste aanblik die de openbare weg bood. Keurige fietspaden, door witte strepen gescheiden. Heel luxe winkels en regelmatig een automaat aan rand de rand van het trottoir met een assortiment aan drankjes achter helder verlicht glas. Ook in het restaurant dat zij hadden uitgekozen stond een automaat, bij de entree, met een overzicht van de verschillende gerechten, afgebeeld op foto's. Daar kon je je keuze maken, betalen en de door de machine uitgespuugde bon aan een serveerster geven, die zorgde voor de rest. Het was de eerste keer dat de Schilder Japans ging eten in Japan, tot die tijd had hij alleen Japans gegeten in andere landen. Hij vond het erg lekker, alhoewel hij in andere landen nooit teleurgesteld was, een keer uitgezonderd.

Hij nam een keer zijn gezin mee uit eten, samen met zijn moeder die tijdens haar vakantie bij hem op het eiland op bezoek was. Diezelfde avond werden zij ziek en zijn dochter belandde enkele dagen later zelfs in een ziekenhuis. De Schilder nam telefonisch contact op met het locale Japanse restaurant om het slechte nieuws te vertellen, maar daar waren ze nauwelijks onder de indruk. Dat veranderde na een feest dezelfde week. Hij ontmoette daar heel wat vrienden die vroegen waar de rest van het gezin was. Hij vertelde zijn verhaal en de volgende dag belde terstond de restaurantmanager om excuses aan te bieden. De zogenaamde verse vis was niet erg vers de avond dat zij er hadden gegeten. De manager kwam naar de Schilder zijn huis en retourneerde exact het bedrag dat hij in het restaurant had uitgegeven.

De lange afstand naar haar woning in aanmerking genomen, vroeg de vriendelijke dame of de Schilder voor haar een extra kamer in het hotel wilde boeken. En zij stelde voor om de dag erna een ander hotel te nemen, dichterbij haar huis. Hij nam haar suggestie over, aangewakkerd door het feit dat hij die avond overnachtte in de kleinste hotelkamer die hij ooit had gezien. En dat voor een stevig bedrag. Vooraf had zij hem per email gewaarschuwd omtrent de kosten voor levensonderhoud, dat verzachtte de pijn.

En zo kwam het dat zij samen in de hoge snelheidstrein zaten de volgende dag. Met een snelheid van driehonderd kilometer per uur probeerde hij een glimp op te vangen van het voorbij schietende landschap. Hij wist dat Japanse toeristen met dezelfde snelheid Europa aandeden voor een week, nu was het zijn beurt. Hij had nog maar drie dagen over om rond te reizen.

Bij aankomst op het treinstation haalde zij haar kleine, grappige, gele auto - van Japans merk uiteraard - en reed hem naar het door haar aanbevolen hotel. De Schilder zal nooit vergeten hoe de auto werd geparkeerd in dat hotel. Een medewerker vroeg haar de auto naar binnen te rijden, drukte op wat knoppen, het hek ging dicht en de show kon beginnen. De auto draaide honderdtachtig graden, schudde enigszins, alsof zij ging dansen en was plotsklaps verdwenen, opgetild naar ergens. Alleen de autosleutels bleven nog achter.

Dit hotel was een stuk beter voor dezelfde prijs. De kamer was groter en het hotel had een sauna om nooit te vergeten. Mannen en vrouwen gescheiden, anders dan de meeste sauna's in Europa. In de droge sauna stond achter een glazen raam een televisie geparkeerd, die de bezoekers bezig hield. Een nieuw fenomeen voor de Schilder. Het natte gedeelte was perfect naar zijn mening. Halfhoge, marmeren muren vormden afgescheiden plekken waar je werkelijk ieder lichaamsdeel kon wassen. Super grote flessen met shampoo, conditioner en zeep onder handbereik. Houten kommen om water over je heen te plenzen en verschillende soorten kranen, die je normaal gesproken alleen maar ziet in de showroom van een luxe winkel voor sanitair.

Hij bracht uren lang door in de sauna, gevolgd door een diepe slaap. Geen luxe na de periode van wachten en de deportatie die er op volgde. De sauna hielp eveneens om een aantal moeilijke telefoongesprekken, die hij voerde via Skype, te vergeten. Hij had van de cameraman begrepen dat zijn aanstaande ex niet met zijn vrienden wilde samenwerken om de procedure voor terugkeer te bespoedigen of de deportatie ongedaan te maken. Zij wilde die klus in haar eentje klaren, hulp van anderen wenste zij niet te aanvaarden en de Schilder voelde zich helemaal klemgezet. Mede hierdoor kwam het hotel over als een oase, ver weg van het land waar het allemaal mis ging.

En dan het ontbijt! Miso soep, aardappelsalade, sashimi, sushi, brood, sinaasappelsap, fruit, koffie, groene thee, koekjes en nog veel meer. De Schilder was een kleine eter, maar hier brak hij met zijn gewoonte voor een tijdje. Wat een feestelijke maaltijd zo vroeg in de ochtend.

Na het ontbijt kwam de vriendelijke dame om hem op te halen. De avonden zorgde zij voor haar zoon, een puber die bij haar woonde sinds zij gescheiden was.

Ze namen een andere hoge snelheidstrein, met als bestemming het Nederlandse dorp bij Nagasaki. Een kopie op ware grootte van allerlei bekende Nederlandse gebouwen, zoals het paleis Huis ten Bosch en de Domtoren in Utrecht. Zelfs grachten, kades, bloemen en gevels, zoals je die van Nederland kent, waren er te vinden. Maar geen haring, dat was jammer. De Schilder vond die Nederlandse specialiteit erg lekker. Wel genoeg Japans eten echter en hij kocht verschillende producten vanwege de fraai ontworpen verpakking en de mooie papiersoorten. Ook al kon hij de gekalligrafeerde tekst op de verpakking niet lezen of begrijpen, hij beschouwde ze als kleine kunstwerken.

Een andere dag bezochten zij twee tegenovergestelde plekken, een oude Boeddhistische tempel en een heel eigentijds winkelcentrum, beide in hetzelfde gebied. De Schilder waardeerde die tegenstelling. En hij maakte veel foto's met zijn mobiele telefoon, de Japanse manier van doen, met en zonder de vriendelijke dame in beeld. Hij mocht haar wel, ze was aantrekkelijk, goedlachs, vol energie en bereid om zonder ophouden op pad te gaan. Maar na alles wat de Schilder had meegemaakt was hij niet uit op een nieuwe relatie. Zij ook niet naar zijn idee. Maar de laatste nacht scheelde er maar weinig aan en hij was opgelucht dat hij weer zou vertrekken. Dat leidde wederom tot contact via internet, net zoals het was begonnen.

Terug naar Europa

Anderhalf jaar ging voorbij voordat de villa klaar was. Klaar om in te richten, te kunnen slapen en om gasten te ontvangen. Die gasten, zij konden familie zijn, vrienden en eventueel ook onbekenden. Rekening houdend met de omvang van Aziatische families, had de Schilder besloten om niet te zuinig te zijn met het aantal gastenkamers. Hij telde er drie in totaal. Om de villa te kunnen onderhouden had hij een website gemaakt, waarop potentiële gasten de locatie konden vinden en een kamer konden boeken. Dit ter garantie van enige inkomsten en profijtelijke opbrengst van de investering.

Zelfs kunstenaars moeten zo denken en ook publiciteit genereren om dat doel te bereiken. Het werkte en de eerste gasten waren een Europese ambassadeur, zijn vrouw en zijn schoonmoeder. Hij was natuurlijk zenuwachtig hen te ontvangen, maar alles verliep goed. De ambassadeur nodigde de Schilder en zijn vrouw zelfs uit om voor vertrek de laatste avond samen te dineren. Ze raakten bevriend en later bezocht de Schilder hen in de Aziatische ambassade waar hij gestationeerd was. Dat bezoek was vermakelijk. De vrouw van de ambassadeur gedroeg zich niet als de vrouw van de ambassadeur. Zij had een nogal chaotisch kapsel, droeg nonchalante, makkelijk zittende kleding, speelde piano wanneer het haar uitkwam en mocht ze een periode vrij willen zijn, liet ze met gemak haar echtgenoot achter om een meditatieve vakantie te houden ergens in de bergen. Op een avond zorgden de Schilder en zijn vrouw voor het avondeten en zij vroeg of zij bij het eten wijn wilden drinken. Ze opende een deur nabij de eetkamer, waarop ze samen een soort delicatessenwinkel binnenstapten. Met uitgestrekte arm bewoog ze langs een lange rij flessen met de vraag wat hun voorkeur was. Italiaans, Frans, Spaans, Australisch, wit, rood, mousserend, allemaal mogelijk en het duurde even om een keuze te maken. De keuze was goed en tevens het bewijs dat ze haar taak in de ambassade met plezier op zich nam. Ze droeg nog meer bewijs aan toen hun bezoek er op zat en zij de Schilder en zijn vrouw uitliet. Tegelijkertijd arriveerden ambassadeurs uit alle Aziatische landen voor een receptie en zij was voor die gelegenheid uitgedost als een filmster, met opgestoken haren, een diamanten collier glinsterend om haar nek en gekleed in een eerste klas avondjurk. Die gedaante wisseling maakte van haar een compleet andere vrouw.

Andere gasten die later volgden in de villa waren gepensioneerden, Europese vrienden, vakantiegangers, fotografen, een bekende reporter van een internationale televisiezender, schrijvers enzovoorts. Nooit een saaie aangelegenheid mede door het feit dat iedereen met eigen verhalen op de proppen kwam.

Ondanks alle positieve gebeurtenissen wenste de vrouw van de Schilder terug te gaan naar Europa. Zij was moe van het hele bouwproject, van de altijd opduikende corruptie en van de heersende mentaliteit op het platteland. Geen goed nieuws voor de Schilder, hij wenste nadrukkelijk in Azië te blijven. Hij hield van de woonplek, het weer en hij werkte naar volle tevredenheid in zijn atelier aan huis. Als tussenoplossing zouden ze voor een tijd naar Zuid-Europa verhuizen, als een soort bushalte tot het moment dat ze eventueel naar het noorden zouden vertrekken. Met nog-al gemengde gevoelens verliet hij het huis en liet hij al zijn bezittingen achter, slechts enkele koffers gevuld met boeken en kleding met zich meedragend. Om in Europa te kunnen starten vond via vrienden een huizenruil plaats en van daaruit zocht de Schilder een nieuwe plek om te wonen en te werken. Die vond hij, in het centrum van de stad, tien minuten rijden van de Mediterrane kust van-daan en vijf minuten lopen van het treinstation.

Een pas gerenoveerd huis met een vriendelijke atmos-feer. Slaapkamers, eetkamer, werkkamer en er was een balkon dat ruimte bood om wat planten aan te schaffen. De Schilder huurde een flinke bestelauto en reed naar een groot winkelcentrum in een nabij gelegen stad om bed-den, lampen, stoelen, een tafel, gordijnen en andere be-nodigdheden aan te schaffen. Enkele dagen later was er sprake van een nieuw thuis en de Schilder begon aan een volgende serie schilderwerk.

Vanwege de leeftijd van zijn dochter - toen vier jaar oud - ontdekte hij alle speeltuinen die je maar kon vinden in de buurt. De mooiste was in een groot park. Met een draai-molen die werd bediend door een heel kindvriendelijke man. Hij maakte de kinderen extra enthousiast door de schommels tegen te houden of te duwen, zodat ze nog sneller in de rondte gingen. Wanneer de betaalde rondjes in de draaimolen er op zaten, mochten ze van hem snoep uitkiezen en wenste hij ze een prettige dag toe. Deze plek werd de favoriete plek van zijn dochter.

Een vriendelijk echtpaar, die hij van hun vakantiereis naar Azië kende, had contact gezocht met de ambassade om uit te vinden of er meer inwoners uit hun thuisland in de buurt woonden. Binnen enkele dagen al rinkelde de pas aangeschafte mobiele telefoon en waren de eerste afspraken snel gemaakt. Met als gevolg meerdere pick-nick bijeenkomsten in de natuurlijke omgeving. Met kip, wijn, brood, worst, olijven, fruit, kaas en allerlei andere locale producten. Geen slechte start, die mensen waren erg vriendelijk en ook bereidwillig hun ervaringen in het land te delen.

Het vriendelijke echtpaar had per ongeluk de Schilder leren kennen. Na een maaltijd in een Japans restaurant hadden zij zich omgedraaid en de Schilder gevraagd of hij in hetzelfde dorp woonde waar ze net gegeten hadden. De man was ook schilder en vroeg het postadres. Hij zou voor hun dochter een gekalligrafeerde ansichtkaart maken en toesturen, hetgeen hij inderdaad deed. Kort daarop begonnen zij te bellen met de vraag of alles goed ging. Ingegeven door het feit dat er in die tijd een financiële crisis gaande was. De jaren die volgden zagen zij elkaar altijd een keer per jaar doordat het vriendelijke echtpaar al meer dan zestien jaar gewoon was de zomervakantie in Azië door te brengen. En nu konden zij elkaar in hun Europese thuisland ontmoeten, genietend van korte vakanties en weekeinden die zij samen doorbrachten. Het echtpaar had een goede neus voor verfijnde restaurants en dat maakte het elke keer tot een feest om met hun op stap te zijn.

De Schilder werkte gestaag aan zijn nieuwe serie schilderijen. Al die werken hadden een intens kleurenpalet, net als het werk dat hij in Azië had gemaakt, te danken aan het feit dat de plek waar hij nu verbleef gemiddeld driehonderd dagen met zonneschijn per jaar telde. Zonneschijn of niet, zijn vrouw was niet gelukkig met de nieuwe cultuur en de voor haar vreemde taal die werd gesproken. Nog geen half jaar later verhuisden zij naar het noorden en daar ging zijn dochter dan ook naar school. Het aange-

name was - in tegenstelling tot de algemene weersgesteld-
heid - dat een schoolgaand kind je de gelegenheid bood
om ouders van allerlei pluimage tegen te komen. En zo
liep de Schilder een collega, die tevens muzikant was, tegen het lijf en na een tijdje betrokken zij hetzelfde atelier,
een kleine kerk in het centrum van de stad. De enorm
hoge vensters hielpen om voldoende daglicht binnen te
laten op regenachtige dagen, maar in de winter moesten
zij constant in beweging blijven om bevroren voeten te
voorkomen. Warme dranken en een verwarmde keuken
voelden dan als een oase.

Na verblijf in een tijdelijke woning vond de Schilder
een huurhuis voor langere tijd. Het huis zelf verklaarde
waarom niemand anders geïnteresseerd was. Lelijke pla-
fonds met panelen in ijzeren profielen, een ouderwets
verwarmingssysteem, te veel deuren en alle houtwerk
geschilderd in een kleur die winkeliers gebruiken om
seizoen opruimingen aan te kondigen. Maar de Schilder
had de moed vele wijzigingen door te voeren. Hij schilderde alle houtwerk okerkleurig, verzocht de verhuurder
een nieuwe efficiënte verwarming te plaatsen, maakte
Japanse schuifdeuren en -ramen in plaats van gordijnen,
timmerde verschillende niveau's om te eten en te slapen
en verving uiteindelijk de oude keuken door een geheel
nieuwe. De ontwerp schetsen die hij had gemaakt om veranderingen aan te brengen, plakte hij tegen het plafond
in de slaapkamer, daarmee was het plafond acceptabel.
En er was een andere school dichtbij voor zijn dochter, op
loopafstand en met weer nieuwe ouders natuurlijk. Aldus
groeide met gemak zijn netwerk.

De Schilder haatte kou en regen. Om die reden kocht
hij een Italiaans bezorg karretje op drie wielen, een soort
scooter met een cabine en laadruimte achterin. Tijdens

71

slecht weer verruilde hij de fiets voor dit voertuig om naar het atelier te gaan, een half uur rijden van het huurhuis vandaan. En de laadruimte was een kubieke meter groot, zo kon hij makkelijk een stapel schilderijen en materiaal vervoeren van woonhuis naar atelier en omgekeerd. Een extra voordeel was dat hij voor dit voertuig geen parkeervergunning nodig had en dat je zelfs op stoepen kon parkeren. In de buurt waar het atelier was gelegen bedroeg de wachttijd voor een parkeervergunning meer dan zeven jaar.

Zijn dochter en andere kinderen in dezelfde klas zorgden automatisch voor contact tussen de ouders. Afhankelijk van met welk kind zij wilden spelen na schooltijd en in het weekeinde. Zo ontstond een hechte band tussen vier gezinnen, die regelmatig samen gingen pick-nicken in de zomer en feestelijke diners aan huis organiseerden in de koude seizoenen. Avonden vol lange gesprekken over hun activiteiten, hun achtergrond en persoonlijke belevenissen. Meestal verdwenen de kinderen meteen naar een van hun slaapkamers om te spelen en kwamen zij slechts tevoorschijn om te eten. En zo gebeurde het dat de Schilder nieuwe vrienden maakte en dat hij beter het onplezierige klimaat, dat het land te bieden had, kon overleven.

Een nieuw leven

De deportatie was nog heel recent. Na een kleine week in de logeerkamer van vreemden en een paar nachten in een buurthotel kon de Schilder voor enige weken terecht in het appartement van het vriendenstel dat hij kende in Düsseldorf in Azië. De vrouwelijke helft zou op reis gaan en hij kon daarom op een matras slapen op de vloer in haar werkkamer. En er was een werkblad, zodat hij met zijn computer het internet kon gebruiken en email kon binnenhalen. Net voordat zij vertrok hielp hij haar om een nieuwe werkplek te vinden. Het contract voor het atelier waar zij nog werkte was bijna verlopen. Ze vonden samen - rondscheurend in taxi's en bellend naar telefoonnummers op uithangborden - een passende ruimte. Helemaal nieuw en er was een logeerruimte die de Schilder voor enige tijd kon benutten. Daarnaast mocht hij de grootste ruimte gebruiken als werkruimte, zolang zij op reis was. Dat verbreedde zijn horizon en binnen een paar weken verhuisde hij naar het nieuwe onderkomen. In de tussentijd werd hij gevraagd voor een tentoonstelling in de stad, stap voor stap ontstond er meer perspectief.

Deze positieve ontwikkelingen hielpen hem zijn gefrustreerde gevoelens omtrent deportatie en de gevolgen ervan te compenseren. En de Schilder was blij om zijn dochter, die op bezoek kwam, een aantal dagen bij zich te hebben, zij kon ook in de werkkamer op de grond slapen en overdag gingen zij op pad in de stad naar interessante plekken en attracties. Hij miste zijn partner niet, sterker nog, hij was enorm opgelucht om niet dagelijks met haar religieuze bezigheden te worden geconfronteerd.

Een goede vriend kwam hem opzoeken en nam zijn video uitrusting mee. De Schilder schilderde ook digitaal en was nu in staat om dat werk voort te zetten of video opdrachten aan te nemen op de nieuwe locatie.

Samen met de mannelijke helft van het vriendenstel hielp de Schilder om alle spullen van zijn vrouw te verhuizen naar het nieuwe atelier. Zelfs een bed, matras en een koelkast maakten deel uit van de inventaris. Een nieuw leven - wenselijk of niet - kon beginnen. Op loopafstand, dus niet al te ver van het atelier, waren winkels, waaronder een goed gesorteerde supermarkt voor de dagelijkse benodigdheden. Ook dichtbij was een metrostation, een garantie voor makkelijk en snel vervoer naar alle hoeken van de stad. De Schilder maakte een verkennende ronde rond zijn nieuwe woonplek, net als een hond die al snuffelend geuren opslaat om zich te oriënteren. Onderwijl bezig met boodschappen halen en het profiteren van de aanbiedingen in sommige café's aan het einde van een werkdag.

De hitte in het atelier was bijna onverdraaglijk tijdens het werk en het vriendenstel had uitdrukkelijk verzocht de airconditioner niet te gebruiken. ter voorkoming van torenhoge rekeningen van het elektriciteitsbedrijf. Om die reden werkte de Schilder halfnaakt en maakte hij elke dag twee flessen ijsthee. Om de pas geverfde muren en de nieuwe vloer te beschermen legde hij karton op de vloer en werkte hij zo bukkend aan zijn nieuwe schilderijen. Ondanks de hitte was hij in staat om de meeste schilderijen binnen twee dagen af te hebben, in de wetenschap slechts een beperkte periode daar te kunnen werken.

Daarom ook ging hij niet vaak uit en maakte hij 's avonds schetsen voor nieuw werk en onderhield hij contact met familie en vrienden via Skype.

Een Chinese dame zocht contact met hem via een sociale netwerksite op het internet. Zij wilde de Schilder zo snel als maar kon ontmoeten, hongerig om een collega te leren kennen. Zij zelf was mode ontwerpster. Hij had geen speciale plannen voor die avond, dus spraken zij af in de stad voor een café van een Amerikaanse koffieketen. Een café waar hij zelf nooit koffie dronk. Naar zijn mening waren al die ketens middelmatig van kwaliteit en daarnaast moest je alles zelf doen, iedere service ontbrak. Des te beter om buiten te wachten. Net op het moment dat zij hem ging bellen, ontdekte hij haar, want op de betreffende website had hij een foto van haar gezien. Na elkaar te hebben begroet gingen zij naar een café en later naar een avondmarkt om daar te eten. Zij raadde aan - zij woonde al bijna een decennium in die stad - om 'steamboat' te eten. Dat is een gerecht waarbij je, op een vuurtje met houtskool, bouillon kookt in een ronde metalen pan en zelf de ingrediënten toevoegt, zoals vis, vlees en groente. Zij kozen voor vis en groente. Tijdens de maaltijd waren ze flink in gesprek, over kunst, het stadsleven, Azië en de tijd vloog om. Zij vervolgden hun gesprek tijdens een lange wandeling door de stad om uiteindelijk terecht te komen op een rivierkade. Alle café's waren ondertussen gesloten en ze namen plaats op een leeg terras, dicht tegen elkaar aan en op het laatst spraken ze geen woord, maar kusten zij elkaar als blijk van sympathie. Tussendoor keken ze naar een boot die midden in de rivier dreef. Die draaide langzaam rond door het anker en veranderde zo het weerspiegelende maanlicht in rimpelende witte lijnen in het water. Net een heel groot lopend uurwerk. Het viel niet mee lange tijd op een harde stoel zonder kussen te zitten en daarom suggereerde de Schilder ergens anders heen te gaan, met de wens hun ontmoeting nog voort te zetten. Om haar de gelegenheid te bieden een voorstel te doen deed hij geen suggestie voor een andere plek en gezamenlijk liepen zij naar een doorgaande straat om een taxi aan te houden. Tamelijk vlot stopte er een, de Schilder opende het achterportier voor haar, zij nam plaats en eer hij het besefte sloot zij het portier, reed de taxi weg en was zij verdwenen. De volgende dag begreep de Schilder in een telefoongesprek dat het verloop van die avond op een misverstand berustte. Zij dacht dat hij moe was en naar huis wilde gaan. En zij was vergeten na te gaan of hij er ook zo over dacht, later zouden nog meer vergelijkbare misverstanden volgen.

Wanneer hij overdag aan het schilderen was belde de Chinese dame soms als zij in de buurt was, met de vraag of ze even op bezoek kon komen. Om hem niet lastig te vallen had ze een boek meegenomen en zat zij te lezen terwijl hij bezig was of ze keek alleen maar naar hem en naar de schilderijen die hij onder handen had. Ze maakte een erg aardige indruk.

Op een avond belde zij op om te zeggen dat er een tas vol boodschappen bij de voordeur lag, ze had niet willen storen. De avond voorafgaand aan zijn verjaardag kwam ze langs met een chocoladetaart en ontstak zij de gekleurde kaarsjes die ze ook had meegenomen. Zo vierden zij een klein feest met zijn tweeën. Hij was blij haar te hebben ontmoet en waardeerde in toenemende mate haar gezelschap. Ze brachten ondertussen meerdere nachten samen door en ook seksueel kwam de Schilder niets te kort. Ze hield ervan hem te verleiden en meestal ontdekte hij erg sexy lingerie wanneer hij haar uitkleedde of wanneer zij zelf haar kleren aan de kant smeet. Allebei voelden zij zich volmaakt gelukkig na deze intieme ontmoetingen.

De Schilder vertelde haar dat hij zijn vrouw, oftewel aanstaande ex, zou ontmoeten voor een aantal dagen. Daar maakte zij geen probleem van en ze was in staat te wachten tot na het bezoek eer zij elkaar weer zouden zien. Op die manier had de Schilder beter de gelegenheid zijn aanstaande ex te informeren over zijn nieuwe leven en de mogelijke, daaruit voortvloeiende, consequenties. En de Chinese dame - die gescheiden was - had drie kinderen en twee banen, genoeg te doen in elk geval om die dagen goed door te komen.

Verder hoopte hij op nieuwe berichten van zijn vrouw over zijn eventuele terugkeer naar huis, hij was nu al ruim twee maanden het land uit. En iets minder dan twee maanden terug hoorde hij van een tussenpersoon dat hij minstens op drie maanden uitzetting moest rekenen. Zij had beloofd zelf de klus te klaren, maar er was weinig vooruitgang waarneembaar. Wachten op informatie van immigratie luidde het antwoord, maar geen correspondentie, geen namen en geen data te bekennen. De Schilder deed zijn best haar te overtuigen dat de mogelijke einddatum wel dichterbij kwam en dat hij zich erg ongemakkelijk voelde in de bestaande situatie. Het nieuws over de Chinese dame liet haar tamelijk onverschillig gedurende haar bezoek.

Ondertussen waren de schilderijen gereed en de kunstbemiddelaar die de tentoonstelling organiseerde haalde het werk op. Nu moest hij zijn spullen gaan pakken om het tijdelijke atelier te verlaten. De vrouw van het vriendenstel was terug in de stad en klaar om haar werk op de nieuwe plek te hervatten. Als een soort dank-je-wel liet hij een van zijn schilderijen voor haar achter. De laatste nacht in het atelier bracht hij door met zijn aanstaande ex en de volgende dag verhuisde hij met bijna een kubieke meter aan koffers, video uitrusting en schildergereedschap naar de logeerkamer van de Chinese dame in een buitenwijk.

Zij had hem tijdelijk onderdak in haar huis aangeboden en gaf hem aan een nieuwe ruimte te kunnen vinden binnen enkele weken. Het naderen van de voorspelde einddatum in ballingschap betekende ook dat hij de stadstaat moest verlaten. Als bezoeker was een maximaal verblijf van drie maanden toegestaan en de Schilder bezocht daarom vrienden in een buurland. Om zijn hoofd te legen en om te ontspannen. Dankzij het bestaan van mobiele telefoons moest de Schilder daar een story board bespreken en een cameraman instructies geven voor een opdracht die hij aanvankelijk zelf zou uitvoeren. En zijn aanstaande ex begon te bellen om haar ongenoegen te uiten over de aanwezigheid van de Chinese dame in het leven van de Schilder. Dat feit had enige tijd nodig gehad om over te komen en was nu kennelijk helemaal doorgedrongen. Te meer omdat ze via vrienden had vernomen dat hij de Chinese dame had uitgenodigd om enkele dagen langs te komen in het buurland.

Voor de Schilder betekende dat een korte vakantie. Zij huurden een motorfiets en bezochten eenvoudige restaurants, markten, strand, winkels en verschillende hotels. Voor zijn aanstaande ex betekende het de hel, een plek die perfect paste binnen haar religieuze opvattingen. De Schilder dacht eraan hoe hij zich had gevoeld toen zijn vrouw hem vertelde dat zij verliefd was geworden op Jezus en dat de Heilige Geest voor altijd in haar lichaam aanwezig was. Dat laatste toonde zij aan door bijna de hele dag te schudden met haar rechterhand, alsof ze last had van de eerste verschijnselen van de ziekte van Parkinson. Via email legde een vriend in Europa hem uit hoe aangenaam het is om op Jezus verliefd te worden: hij heeft geen slechte adem, stinkende zweetvoeten en hij stribbelt nooit tegen. Maar de Schilder hield meer van echt vlees en bloed, de Chinese dame was zijn kandidaat.

Opnieuw naar Azië

Het sociale leven dat de Schilder deelde met andere ouders van de school in Europa, zorgde ervoor dat zij samen films keken, al de verjaardagen van de kinderen vierden en uiteindelijk een vakantiereis boekten gedurende het winterseizoen naar Noord Afrika. Dat was heel plezierig en de kinderen brachten het liefst de hele dag door in het zwembad binnen in het hotel. Gelukkig - denkend aan andere gasten - lagen al hun kamers naast elkaar op een gang, want de kinderen konden soms flink herrie maken en de boel op stelten zetten eer zij in slaap vielen.

Tijdens een andere reis in Europa stelde een van de ouders voor om gezamenlijk voor langere tijd naar het huis van de Schilder in Azië te gaan. De Schilder ging, sinds hij in Europa terug was, alleen daarheen voor korte vakanties, familie ter plekke zorgde voor betaling van het personeel en voor onderhoud van het huis. De ouders hadden foto's gezien en raakten enthousiast over het plan samen daarheen te gaan. De Schilder vatte het voorstel op als een serieus plan en organiseerde een bijeenkomst in zijn atelier om details te bespreken. Als eerste verzekerde hij iedereen dat hij samen met zijn vrouw en dochter zou gaan, anders zou het hele plan al in het water vallen voordat er met een woord over gesproken was. Meerdere vrienden verschoten van kleur bij het horen van die garantie, nu werd het een heel serieuze aangelegenheid. Uitgangspunt was om een jaar in het huis van de Schilder te verblijven en een van de vrienden zou de kinderen daar les kunnen geven tijdens de hele periode.

De Schilder vertrok als eerste voor een periode van bijna een jaar, een gezin kwam enkele maanden later voor een half jaar, een tweede gezin kwam bijna tegelijkertijd voor drie maanden en een ander gezin moest afhaken vanwege een (groot)moeder die kanker had en ernstig ziek was.

Via het internet vond de Schilder met gemak kandidaten die het huis in Europa wilden huren en hij gaf een groot feest om afscheid te nemen van familie en vrienden. De school van zijn dochter werkte mee en hield een plek vrij voor haar om na terugkomst de draad weer op te kunnen pakken. Dat afscheidsfeest was een goed idee. Na een paar weken weer in Azië te zijn, konden zijn vrienden in emails tussen de regels door lezen dat de Schilder weer helemaal vertrokken was en niet zat te denken aan terugkeer naar Europa. Ook al bleven de andere gezinnen een stuk korter, hij vond een periode van elf maanden al aan de korte kant. Kort na aankomst begon de Schilder aan een nieuwe serie werk en zijn schoonfamilie hielp hem om een half jaar later zijn werk te kunnen exposeren in een grote tentoonstelling. Ondertussen arriveerden de andere gezinnen en zij nestelden zich in hun nieuwe onderkomen. Een kamer in het huis werd omgevormd tot klaslokaal. Het avondeten werd iedere dag geserveerd aan een grote tafel, waar iedereen - zowel kinderen als volwassenen - ervaringen uitwisselde en verhalen vertelde over die dag. Overdag leek diezelfde tafel een internet café door de collectie laptops die stond opgesteld. Alles viel op zijn plek en leek goed te functioneren. Totdat er iets verkeerd ging. De Schilder hoorde dat een van de vaders foto's had gemaakt van de meeste aanwezige kinderen in een houding die niet werd gewaardeerd door sommige andere ouders. Dat leidde tot een conflict, de Schilder en zijn vrouw hadden de foto's echter niet kunnen bekijken, die waren al gewist van de digitale camera. Om te proberen het probleem op te lossen, stelde hij voor om zonder de kinderen in een restaurant bij elkaar te komen. Harde woorden gingen over en weer en toen de rekening werd gepresenteerd was er nog steeds geen bevredigende oplossing gevonden. Om die reden vertrok een stel ouders - niet de fotograferende vader - al kort nadat zij gekomen waren. Zij huurden een ander huis in de buurt en het zou vele jaren duren voordat het contact min of meer werd hersteld. Een opmerkelijk gevolg was dat de Schilder hechter bevriend raakte met het stel dat bleef en hen vervolgens als zijn beste vrienden ging beschouwen. Zij het iets meer op afstand, de Schilder onderhield het contact met het gezin dat vertrokken was, hun dochters gingen naar dezelfde school, veertig minuten rijden van hun woonplaats vandaan. Iedere schooldag zagen zij elkaar wanneer ze bij toerbeurt de kinderen naar school brachten of van school haalden.

Niet lang daarna zou de tentoonstelling beginnen en de Schilder was druk bezig met inlijsten en de voorbereidingen voor de catalogus die zou worden gedrukt. Een ander probleem diende zich aan. In zijn schilderijen schonk hij aandacht aan het samengaan van iedere kleur godsdienst, zo waren elementen zichtbaar die gerelateerd waren aan het Hindoeïsme, Boeddhisme, Christendom en de Islam. Hij had niet gedacht te provoceren met zijn schilderwerk, maar de conservator die zijn tentoonstelling begeleidde deed moeilijk en weigerde een aantal werken op te hangen voor de expositie. Er zou narigheid van kunnen komen. In sommige werken was Arabisch schrift in de achtergrond geschilderd en volgens haar was dat religieuze tekst. Haar uitproberend ontdekte de Schilder dat ze niet eens in staat was de betreffende teksten te lezen en te begrijpen. Waarschijnlijk had zij nog nooit teksten op de verpakking van 'halal' koekjes bestudeerd. Op die verpakkingen kon je in Arabisch schrift lezen welke ingrediënten waren gebruikt, zoals melk, suiker en bloem, dat zag er net zo uit. Ze weigerde te geloven dat in de achtergrond van de schilderijen 'vrijheid van meningsuiting' stond geschreven. Om die reden was de Schilder verplicht een andere locatie te huren om die werken te laten zien, er gebeurde uiteraard niets naars.

De Schilder was er zelfs getuige van dat - tijdens die alternatieve tentoonstelling - Moslims enthousiast wezen naar een figuur die Jezus voorstelde in een van de schilderijen. En de Schilder had toen nog geen idee welke rol Jezus zou spelen in de jaren die nog kwamen. Datzelfde jaar en daarna ontdekte hij verschillende galeries in zijn buurt waar hij kon deelnemen aan groepstentoonstellingen en waar hij eigen presentaties kon realiseren. Een keer maakte hij een installatie met objecten, gecombineerd met video. Een winkel - net als in de dorpen - op ware grootte waar je drinken, gas, shampoo, koekjes, rijst, sigaretten en dergelijke kon kopen. Met dat verschil dat zijn winkel en alle producten wit gekleurd waren tegen een zwarte achtergrond. Op het moment dat de tentoonstelling opende, projecteerde de Schilder verschillende video's op de witte voorwerpen, te beginnen met een werkelijke winkel, gevolgd door etende mensen en andere gemanipuleerde beelden. Het effect verraste het publiek en de Schilder ontving enthousiaste reacties op de installatie.

Alle bij elkaar zorgde ervoor dat de Schilder nooit dacht aan een eventuele terugkeer naar Europa. Slechts een keer moest hij wel. Volgens een contract was het toegestaan zijn huis voor maximaal twee jaar aan anderen te verhuren en die termijn was bijna verstreken. Hij probeerde nog de huurperiode te verlengen, maar dat mislukte en zo moest hij al hun bezittingen inpakken en het huis leeg opleveren. Fietsen, televisie, meubels, gasfornuis, afwasmachine, matrassen enzovoorts, dat alles bood hij te koop aan via een website of aan vrienden. Een open huis op een zondag droeg bij om een gedeelte van zijn schilderwerk te verkopen en op die manier hielpen de kopers mee om de verscheping van zijn spullen naar Azië te financieren.

Nagenoeg zonder onderbreking was de Schilder drie weken in de weer om de geschiedenis van de tweede episode in Europa te selecteren en te verpakken. Op de laatste vrijdag die hij nog in het huis doorbracht zou een transport onderneming komen om de ingepakte spullen naar de haven te brengen voor verdere verscheping naar Azië. Hij regelde een aantal vrienden die kwamen helpen om alles het huis uit te dragen. De chauffeur in kwestie was echter zo een onvriendelijke man, dat de Schilder hem verzocht onmiddellijk te vertrekken. Hij zag het niet zitten dat die chagrijnige man zijn schilderijen en persoonlijke bezittingen zou vervoeren. Maar wat te doen, zijn vlucht was de maandag erna en in het weekeinde zou het onmogelijk zijn om alternatief vervoer te regelen. Zijn vrienden kwamen met de oplossing. De dag na zijn vertrek werkten zij samen om het karwei af te maken en de Schilder besefte hoe waardevol goede vriendschappen zijn.

Een verre vriendin

De Schilder keerde terug van zijn visum trip met een vers stempel bij binnenkomst in zijn paspoort. Hij mocht weer drie maanden in Düsseldorf in Asia verblijven. Voordat hij gedeporteerd werd besefte hij nooit het werkelijke belang een paspoort op zak te hebben, nu wist hij wel beter. Na die trip vroeg hij een nieuw paspoort aan bij zijn ambassade. Dan kon hij verlost worden van het deportatie stempel dat hem altijd een ongemakkelijk gevoel bezorgde wanneer hij een ander land bezocht. Aanvankelijk weigerde de ambtenaar zijn paspoort te vernieuwen. Te veel pagina's - bijna allemaal op twee na - waren nog leeg. De Schilder vroeg vervolgens eens goed te kijken naar de eerste pagina's en toen begreep ze meteen waarom hij een nieuw paspoort wilde. Een week later lag het al klaar.

Tijdens het wachten op een nieuwe woon- en werkplek verbleef hij tijdelijk in de logeerkamer van de Chinese dame en verkende hij de omgeving. Zij woonde in een appartementen complex met wel zestig woningen. En waar hij maar keek zag de Schilder gelijksoortige woonblokken, ook nog allemaal in dezelfde kleuren geschilderd. Hij verdwaalde met het grootste gemak en alleen de grote borden met de nummering op ieder gebouw hielpen hem om de weg terug te vinden. Hij sliep veel in die tijd en ging af en toe naar het centrum van de stad voor ontspanning. De opening van de tentoonstelling zou nog anderhalve maand duren. Nu en dan bezocht hij de drukker om de lay-out van de catalogus te beoordelen. En hij maakte een aantal video schilderijen, hetgeen betekent dat de onderwerpen bewegen en de camera stilstaat. Kruispunten, verkeer, winkelcentra en portretten van vrienden, die geacht werden een uur lang stil te zitten zonder te praten, te telefoneren of iets anders te doen. Die vrienden waren in feite zijn modellen, zoals dat al honderden jaren traditie was in de schilderkunst, alleen nu vastgelegd met digitale verf. Die video's zouden ook deel gaan uitmaken van dezelfde tentoonstelling, vertoond op een LCD scherm.

En toen kwam op een dag in opgewonden stemming de Chinese dame thuis. Ze had een plek gevonden voor de Schilder, in het centrum van de stad en in een aantrekkelijke buurt met winkels, de metro, bussen en café's vlakbij. Op de tweede verdieping en daardoor voldoende daglicht in de ruimte om daar te kunnen schilderen. Eerder was er een mogelijkheid een atelier in een industrie complex te betrekken, maar de bestaande huurder, die daar woonde en werkte, wekte niet de indruk te gaan verhuizen. Een andere oplossing was daarom hard nodig. Om te beginnen had zij de maandelijkse huur na onderhandeling omlaag gekregen voordat de Schilder de makelaar had ontmoet. Naar haar mening zou de huur juist omhoog zijn gegaan bij het zien van een westerling. Ze waren allebei erg blij met de kamer, een klein appartement in feite, en het was de bedoeling de ruimte te delen voor hun beeldende activiteiten. Maar hij kon er ook eten en slapen. Enkele bruikbare meubels waren al aanwezig, een goede start.

Ze huurden een bestelbus en brachten de alsmaar groeiende bagage van de Schilder, haar naaimachines en aan mode verwante voorwerpen, zoals paspoppen, naar het nieuwe atelier. Binnen enkele dagen voelde hij zich weer thuis en zij kwam geregeld langs voor of na haar werk in dezelfde buurt. In de kamer annex atelier was voldoende wandruimte om doeken op te hangen, daar was de kleinste douche van de hele stad en een geïmproviseerde keuken om eenvoudige maaltijden te kunnen bereiden. Het vriendenstel had hem gevraagd een groot matras en een fauteuil mee te nemen uit de vorige ruimte en een behulpzame drukker leverde hem houten flonders, waarmee hij een bed kon samenstellen. Alles op zijn plek en hij begon een nieuwe serie schilderwerk. Van vrienden uit Europa, die via email zijn adreswijziging hadden ontvangen, ontving hij een vers boeket bloemen als welkomstgeschenk. Een winkel voor kunstenaarsbenodigdheden in dezelfde buurt bezorgde nieuwe doeken en verf. In de buurt van het atelier was een uitgebreide keuze aan restaurants. Eten uit alle hoeken van de wereld was onder handbereik en nog betaalbaar ook.

Ook al had de Chinese dame drie kinderen om voor te zorgen, ze bezocht de Schilder graag regelmatig in de weekenden, die dagen was het aan de vader om de verzorging en opvoeding op zich te nemen. Met als gevolg dat de verre vriendin steeds dichterbij ging voelen en sommige dagen, wanneer zij er niet was, de Schilder haar begon te missen. Dus zo ver was ze niet meer. Ze kletsten graag over van alles, aten graag samen wanneer het zo uitkwam, keken naar films en ze hielden van kussen en strelen, meestal eindigend in bed, genietend van opwindende en hevige seks. Na een maand in het nieuwe atelier ontstond een nieuw levensritme. Sommige avonden gingen ze uit eten, naar feestjes van vrienden of gewoon de deur uit om te genieten van het nachtleven in de stad. Maar ze werkten ook vaak samen aan ontwerpplannen, lesvoorbereidingen voor de school waar zij lesgaf en aan de opzet van een website voor haar mode ontwerpen.

Ondanks al het goede dat zich afspeelde waarschuwde de Schilder nu en dan welgemeend dat hij niet zijn toekomst kon overzien. Op de achtergrond leefde steeds de wens weer naar huis te kunnen gaan en daar een nieuwe start te maken. Alleen wist hij niet hoe en wanneer. De ballingschap bestreek nu al ruim vier maanden. Niemand kon voorspellen hoe hij zich zou voelen bij terugkeer en wat de gevolgen zouden zijn. De Schilder miste wel zijn woonplek daarginds. zijn vrienden, zijn dochter, zijn atelier, maar hij besefte ook dat hij weer te maken zou krijgen met zijn aanstaande ex bij terugkomst. Genoeg overwegingen om evenwicht te vinden tussen alle gebeurtenissen. En soms genoeg om zich neerslachtig en verlaten te voelen. Die momenten probeerde de Chinese dame hem altijd te troosten, waarbij ze veelal wederom in bed belandden. De Schilder had heel wat kinderen kunnen verwekken, maar naar zijn idee hadden zij samen kinderen genoeg, nog een erbij zou te veel zijn.

Eindelijk ging de tentoonstelling van start en al de voorbereidingen zagen er goed uit. De vrouw van het vriendenstel trakteerde hem op een fantastische openingsspeech, eindigend met de overhandiging van een bos felgekleurde bloemen. De Schilder nam - als korte bijdrage aan de opening - zijn kassabon van de supermarkt waar hij enkele dagen eerder boodschappen had gedaan en las die hardop voor. Gevolgd door de verklaring dat kunst over het dagelijkse leven gaat en het dagelijkse leven over kunst. Verbazingwekkend genoeg kwamen er wel honderdtachtig bezoekers de opening bijwonen, best gek wanneer je pas een aantal maanden in een nieuwe stad woont. Maar zijn kunstbemiddelaar had vast een uitgebreid netwerk aan kunstliefhebbers en enkele vrienden van de Schilder hadden natuurlijk ook mensen uitgenodigd. En er werd goede wijn geschonken en heerlijk eten geserveerd, de galerie had wat dat betreft een goede reputatie en dat trok vast en zeker ook extra bezoekers aan. Zoals wel vaker gebeurde, was de verkoop niet geweldig, de Schilder keek daar niet van op. Soms duurde het tot jaren na een opening eer kopers een knoop doorhakten en een ouder werk aanschaften. En hij vond het ook een genoegen een schilderij weg te kunnen geven, zijn leven ging niet over geld verdienen langs de makkelijkste weg.

Hetgeen nu voor de Schilder veel meer telde was het feit dat hij zijn dochter enorm miste. Vier maanden lang had hij haar niet direct gezien of gesproken. Met een goede vriend - die niet ver van zijn vroegere woonplek vandaan woonde - arrangeerde hij dat zijn dochter samen met zijn gezin zou meereizen naar zijn nieuwe verblijfplaats. Terug zou zij alleen kunnen vliegen, want een maand voorafgaand aan deportatie had de Schilder dat geoefend met haar. Inchecken, luchthaven belasting betalen en hoe de weg naar de juiste pier te vinden. Tijdens die oefening bleef hij dertig meter achter haar, alleen klaar om in te grijpen wanneer zij in paniek zou raken, maar dat deed zij niet en daarmee was ze een geslaagde twaalf jaar oude reiziger. Ze droeg toen een grappige rode hoed, waardoor het makkelijk was haar te volgen in de menigte.

Maar haar moeder stond niet toe dat zij alleen vertrok. Onder het mom van 'we zijn nog steeds een gezin' en zo gebeurde het dat de Schilder zijn dochter moest delen met zijn aanstaande ex gedurende het bezoek dat zij aan hem brachten. Dat was geen makkelijk karwei. Nog vervuld van religieuze escapades begon zijn vrouw het atelier en ook de straten in de nabije omtrek te zegenen. Hij was niet in de stemming om al deze handelingen mee te maken en de spanning liep hoog op.

Aanvankelijk wilde de Schilder een hotelkamer huren om hen te ontvangen en om niet te veel begrip van de Chinese dame af te dwingen. Maar zij stond er op dat hij het atelier zou gebruiken, ook om zijn gezin te laten zien hoe hij daar moest leven en werken onder simpele omstandigheden en met beperkte ruimte. Ze gaf zelfs haar huishoudelijke hulp de opdracht de ruimte grondig schoon te maken en schoon beddengoed te brengen voor deze gelegenheid. Ze beloofde zelf niet op te zullen dagen, tenzij de Schilder zijn vrouw daarom zou vragen. Deze dagen waren zware dagen, ook al was de Schilder dolgelukkig zijn dochter bij zich te hebben. Hij voelde zich schuldig naar haar toe omdat het lieve meisje heel goed kon aanvoelen dat er van alles aan de hand was en dat het niet makkelijk, zo niet onmogelijk was om iets te repareren. In feite stond zij er midden in als kind van beide ouders. Haar moeder negeerde het dilemma min of meer en was vooral met zichzelf begaan. Biddend, haar onzekerheid omtrent haar eigen leven verbergend en met het voorstel om een nieuw leven te beginnen in de stad waar de Schilder onvrijwillig verbleef. Daaraan wilde hij op geen enkele manier meewerken, hij wilde zo snel maar mogelijk was weer naar huis. Daar kon hij weer een nieuw leven gaan opbouwen, hij vertoefde al veel te lang in deze centrifuge.

Behoorlijk aangedaan was hij het moment waarop zijn dochter besefte - op de laatste dag - dat ze weer naar huis moest. Ze zei hem dat ze wilde blijven en beiden voelden zij een donkere wolk van verdriet boven hun hoofd hangen. De Schilder beloofde haar om elke maand geld apart te leggen of te lenen voor een vliegticket, zodat ze elkaar vaker zouden gaan zien. Vier maanden wachten was veel te lang geweest en dat moest niet nog een keer zo lang gaan duren.

Om de donkere wolken een beetje weg te werken stelde de Schilder voor die dag een attractie vol wetenschap voor kinderen te bezoeken. De laatste keer dat ze elkaar hadden gezien waren zij ook naar die attractie geweest en hij herinnerde zich hoe leuk zij het had gevonden om tal van interactieve presentaties te zien en daar aan deel te nemen.

Tegen het einde van de dag ging ze naar een souvenirwinkel en had de Schilder gelegenheid om een kort gesprek met zijn aanstaande ex te voeren. Hij adviseerde haar om vrienden en familie te vertellen dat haar echtgenoot er vandoor was met een andere vrouw of sterker nog, met meerdere vriendinnen en haar daarvoor in de steek had gelaten. Veel eenvoudiger te begrijpen voor anderen, zoals familie en vrienden, die zich dan zeer legitiem konden uitdrukken in tal van 'oh's en ah's'. Veel en veel makkelijker dan dat je moet uitleggen enkele jaren terug verliefd te zijn geworden op Jezus en dat je echtgenoot om die reden je verlaten heeft, na een langdurige poging om zo een verandering en toewijding te begrijpen. Niet wetende hoe te reageren bleef ze er ijskoud onder. Vast stond dat zij samen niet veel verder zouden komen.

De godsdienst

Nadat de Schilder zijn spullen vanuit zijn thuisland had laten verschepen en aansluitend naar Azië terugkeerde, werd hij geconfronteerd met veranderingen die zijn vrouw tijdens zijn afwezigheid in gang had gezet. Aanvankelijk vertelde zij dat het een proces was, op gang gebracht door het overlijden van haar vader een half jaar eerder. Het zou helpen om het verdriet te overwinnen, dat gold ook voor haar enige broer en zussen.

Maar gedurende dat proces merkte de Schilder hoe ze een fanatieke bewonderaar werd van allerlei televisie predikanten, hoe zij in tienvoud religieuze boeken begon te lezen over het leiden van een succesvol leven, het dienen van God en het genezen van andere zielen. En bovenal was zij overtuigd geraakt dat de wereld in 2012 zou vergaan en vele zielen gered dienden te worden om gezamenlijk het hemelrijk te kunnen betreden wanneer het zover was. Iedere dag las zij tot in detail de Bijbel, uren achtereen. Ze maakte korte aantekeningen met citaten uit dat boek en plakte die op de tafelrand van de tafel waaraan zij gewoonlijk plaatsnam. Alvorens in slaap te vallen was zij in staat meerdere hoofdstukken te lezen in religieuze boeken en de Schilder kreeg steeds meer het gevoel in een kerkgebouw te wonen en te werken.

In een poging vooruit te kijken, vroeg hij haar herhaaldelijk waarom zij zo blij was met deze metamorfose. Haar antwoord luidde vervuld te zijn van liefde, niets kon haar nog in de weg zitten en ze had een duidelijk afgebakende taak, andere zielen redden en het Woord verspreiden. Om meer te weten te komen over dit onderwerp, raadpleegde de Schilder het internet en bekeek hij videofragmenten op YouTube waarin gelijkgestemde predikanten optraden. Hij had het gevoel naar theatervoorstellingen te kijken. Podia met duizenden toeschouwers er omheen, luisterend, zingend en vol hoop. De religieuze voorgangers beweerden dat zij mensen konden genezen en dat een financiële bijdrage hun enorm zou helpen om hun zendingsactiviteiten uit te kunnen breiden om vervolgens welvaart te zullen brengen aan alle gulle gevers. Als bewijs waren zij onbescheiden genoeg om hun eigen welvaart uitgebreid te etaleren. Sommigen van hen verzorgen dagelijks een televisieprogramma, waarin keer op keer de boodschap terugkeerde over het redden van zielen, de verlossing, het genezen van mensen en het brengen van geluk. Miljoenen mensen schenen naar die uitzendingen te kijken en te luisteren. Alles bij elkaar zag de Schilder gelijkenis met mensen die verslaafd raken aan verdovende middelen. Deze volgelingen moesten telkens maar weer zien hoe zij met regelmaat hun portie geluk en verlichting konden scoren.

Maar hij probeerde zijn hoofd koel te houden. Hopende dat deze extreem godsdienstige uitingen na een aantal maanden zouden stoppen en dat slechts geduld het juiste medicijn was om die hoop te voeden (*la patience est l'art d'espérer*).

Echter, met enkele meer ontspannen momenten als uitzondering, het proces stopte niet. Zijn vrouw was werkelijk overtuigd van het feit dat zij met de Heilige Geest kon communiceren, sterker nog, zij vertelde dat zij was vervuld van deze geest en die ervaring zou haar leidraad voor het verdere leven zijn. Door bijna onophoudelijk met haar hand te schudden gaf zij uiting aan dat gevoel, zelfs wanneer zij auto reed stopte dat opmerkelijke schudden niet. Naast haar religieuze bezigheden in huis bezocht zij regelmatig kerken waar zij gelijkgestemden kon ontmoeten. En soms kwamen na zo een bijeenkomst sommige sympathisanten met haar mee naar het huis van de Schilder om gesprekken te voeren over het geestelijke leven, oneindigheid en aanverwante onderwerpen.

De buitenlandse predikant, die haar de Heilige Geest had bezorgd, kondigde aan terug te keren voor een nieuwe sessie in een knots van een kerkgebouw op het eiland. Zij informeerde onmiddellijk haar broer en zussen in de hoofdstad en verzocht hen om ook te komen. Dat zij daarvoor een kostbaar vliegticket dienden aan te schaffen en anderhalf uur moesten vliegen was geen punt. Min of meer in paniek verkerend, bezocht de Schilder Italiaanse - katholieke - vrienden die hij kende via de school van zijn dochter. Hij moest zijn hart luchten over het fanatisme en het extremisme dat hem omringde. Zij luisterden aandachtig en gaven de Schilder het advies om die sessie bij te wonen en hij overwoog gehoor te geven aan dat advies. Alleen maar om te weten te komen wat zich precies afspeelde tijdens deze religieuze bijeenkomsten. Hij belde zijn vrouw en zij was erg blij om te horen dat hij mee zou gaan, zij dacht natuurlijk dat hij eindelijk lid van die club zou gaan worden.

De Schilder had nog nooit eerder een soortgelijk kerkgebouw gezien. Hij was opgegroeid en opgevoed als een katholiek tot zijn twaalfde jaar en meer gewend aan kathedralen en kapellen, ook onder invloed van de kunstgeschiedenis. Dit leek meer op een toevluchtsoord voor luxe vakanties, met veel marmeren versiering, een hele grote parkeerplaats en een indrukwekkende fontein bij de ingang. Binnen in het gebouw werkte de airconditioner op volle toeren, het was er ronduit koud. Er was een podium met een professionele band, volledig uitgerust met versterkers, microfoons en luidsprekerboxen. Voorin was een projectiescherm, minstens vijfentwintig vierkante meter groot qua oppervlakte en een respectabel aantal VJ's zou blij zijn hier op te mogen treden tijdens een dansfeest. Maar het aanwezige genootschap keek naar een projectie van langzaam langstrekkende wolkenluchten, een joekel van een kruis centraal op de voorgrond en steeds nieuwe regels met gele 'karaoke' tekst onder aan het scherm. De Heer en zijn goedheid ophemelend.

Alle aanwezigen begonnen te zingen en met hun armen te zwaaien, de Schilder was de enige - staande ergens in het midden van de zaal - die niet bewoog. En toen kwam het hoogtepunt.

De buitenlandse predikant stapte naar voren en begon een verhaal over hoe hij drugs verslaafden, prostituee's en criminelen had benaderd en had weten te bekeren. Die waren allen verlicht nu, dankzij zijn inspanning. Halleluja klonk het uit alle hoeken van het kerkgebouw.

"Wij zijn vervuld van zonden," luidde zijn betoog, "we hebben allemaal problemen, ziektes en daarom zijn we hier, om elkaar te helpen." Opnieuw Halleluja. Vervolgens introduceerde hij zijn sessie om genezend werk te gaan verrichten en vroeg iemand die keelpijn zou hebben naar voren te komen. Een man verscheen in het midden van de ruimte en de predikant raakte zijn voorhoofd aan. De man viel onmiddellijk naar achteren op de grond en werd opgevangen door personeel van de kerk, die de indruk wekten voorbereid te zijn op deze actie. De man op de grond leek in diepe slaap te zijn en kreeg een deken over zich heen. De Heilige Geest had hem aangeraakt, zo luidde de boodschap. De predikant herhaalde deze handeling bij tal van mensen en uiteindelijk nodigde hij iedere aanwezige uit om naar voren te komen, zich op te stellen in rijen en zo raakte hij ze een voor een aan. Stuk voor stuk vielen zij naar achteren en werden opgevangen door degenen die nog op hun beurt stonden te wachten. De Schilder had dit van zijn leven nog niet meegemaakt en stond nog steeds - nu in zijn eentje - in het midden van de ruimte. Hij besloot eens rond te gaan kijken en observeerde een aantal 'slapende' mensen van dichtbij. Hij zag hun oogleden trillen en kon alleen maar constateren dat ze allen gehypnotiseerd waren.

Hij had behoefte aan frisse lucht en liep naar buiten. Toen de sessie voorbij was en de deelnemers het gebouw begonnen te verlaten, kwam de predikant naar buiten en benaderde onmiddellijk de Schilder met de vraag of hij voor het eerst aanwezig was geweest.

"De eerste keer en de laatste keer," antwoordde hij, "dit was de grootste 'karaoke' show die ik ooit in mijn leven heb meegemaakt." Maar dit soort predikanten geeft de moed niet op en de volgende dag belde hij de Schilder op zijn mobiele telefoon. Zijn aanstaande ex had waarschijnlijk zijn contact informatie doorgegeven. Hij wilde graag een ontmoeting regelen en enkele uren later zaten zij met elkaar te kletsen aan de rand van het zwembad in zijn hotel. Over de Bijbel, het eeuwige leven, het Christendom, zonde, kerkgenootschappen en tal van aanverwante zaken die geen grote rol speelden in het dagelijkse leven van de Schilder. Nu echter wel door de keuzes die zijn vrouw had gemaakt. De Schilder beschreef de Bijbel zijnde een tijdschrift dat heel veel tijd en vele medewerkers nodig had gehad om te kunnen verschijnen. De predikant bleef het een boek noemen. De Schilder weigerde de verklaring aan te nemen dat alle mensen vervuld zijn van zonden. De predikant bleef volhouden. De Schilder drukte zijn bezorgdheid uit over massa bijeenkomsten die zijn opgedragen aan het geloof. De predikant trachtte uit te leggen hoe mooi het wel niet was om zo veel volgelingen te tellen. Tegen het einde van het gesprek vroeg de predikant of de Schilder geloofde in oneindigheid.

"Jazeker," antwoordde hij bevestigend. Naar zijn mening was het lichaam een voor onbepaalde tijd gehuurde verpakking en na het verstrijken van de houdbaarheidsdatum door overlijden, kon de ziel of geest vrij reizen en uiteindelijk oneindigheid in tijd en ruimte begrijpen. Een ander concept betreffende religie.

"Maar," vroeg de predikant, "wil je dan niet weten waar je heen gaat als het leven ophoudt?" Kennelijk dacht hij aan het fenomeen hemel en hel.

"Nee," antwoordde de Schilder, "ik reis altijd zonder enkele garantie en dat geldt ook hier." De predikant bleef stil.

"Dus," vervolgde de Schilder, "dat is het grote verschil tussen ons, jij wil het antwoord weten omdat je bang bent en ik wil niet weten waar ik heen ga, ik heb niets te vrezen in dat opzicht."

Daar hield de gedachtewisseling op en de predikant suggereerde dat de Schilder hem altijd kon benaderen wanneer hij daar behoefte toe voelde. Tegelijkertijd beseffend dat dat waarschijnlijk nooit zou gebeuren.

Omdat de onverwachte ontmoeting na schooltijd plaatsvond, volgde zijn dochter het hele gesprek. Zo kon zij horen en zien dat de Schilder niet uit was op een botsing aangaande het geloof en heel beleefd was gebleven ten overstaan van de predikant.

Eenmaal thuisgekomen diende zich een onderwerp aan in een gesprek tussen de Schilder en zijn vrouw en zij suggereerde hem die buitenlandse predikant eens te ontmoeten, ze was nog steeds onder de indruk van zijn optreden de dag ervoor. De Schilder keek op zijn linkerarm alsof hij een horloge droeg, wees met zijn vinger naar de pols en zei dat hij die predikant net een paar uur daarvoor uitgebreid had gesproken. Daar geloofde zij niets van, maar hun dochter kon het bevestigen. Zij zelf zou nooit en te nimmer die predikant benaderd hebben, te gevaarlijk om met hem een discussie te beginnen, hij was de man tussen God en de volgelingen, te ver weg om contact mee te leggen.

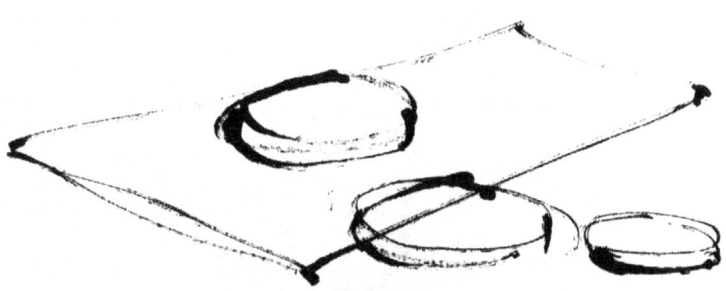

Tropengekte

Als een vorm van protest tegen de plotselinge veranderingen in haar leven, wilde de dochter van de Schilder niet meer naar school gaan gedurende de tijd dat hij in ballingschap leefde. Het zou haar eerste jaar op de middelbare school zijn, alles was voorbereid en betaald, maar ze ging niet, slechts een paar dagen uitgezonderd. Haar moeder bleek niet in staat haar te overtuigen van de noodzaak om naar school te gaan, niet alleen om te leren, maar ook vanwege haar sociale contacten. Een aantal vrienden probeerde te helpen door met de moeder te gaan praten en te pogen haar over de streep te trekken.

Op afstand was de Schilder in staat om haar weer geplaatst te krijgen in de hoogste klas van haar basisschool. Kort nadat dit arrangement was gemaakt bezocht zij hem, begeleid door een van de helpende vrienden en met de belofte zelfstandig weer naar huis te zullen vliegen. Er moest wel huiswerk worden gemaakt om eventuele achterstand in te halen en dat bepaalde het ochtendritme. Ze zou tien dagen blijven en aan het einde van die periode zouden zij samen de grens overgaan naar een buurland vanwege het nog net geldige visum van de Schilder. Hij verbleef onderhand zes maanden in ballingschap.

Hij was zo intens bezig zijn dochter te helpen en te genieten van haar gezelschap tijdens haar korte verblijf, dat hij die week nauwelijks contact had met de Chinese dame. Op een zondagmorgen stapte zij tijdens het ontbijt onaangekondigd de atelierruimte binnen en vroeg of zij gedurende een uur plaats konden maken voor haar. Daar waren zij niet op voorbereid, dochter was nog in pyjama en de tafel lag vol met eten, drinken en huiswerk.

De Schilder probeerde te achterhalen waarom zij zich zo gedroeg, maar het was al te laat. Met een heel boos gezicht en behoorlijk overstuur veegde zij het complete ontbijt van tafel en greep om zich heen om nog meer voorwerpen stuk te gooien. De Schilder gaf zijn dochter opdracht op bed te gaan zitten, voorkomend dat zij in het midden van deze lelijke scène zou belanden. Een vaas, inclusief een bos bloemen, volgde. Wasgoed, keukengerei vloog in de rondte en op het moment dat de Schilder haar wilde kalmeren greep zij een houten paspop. In blinde woede tilde zij die op, haalde uit en raakte de Schilder frontaal op zijn gezicht. Hij stond duidelijk op het verkeerde tijdstip op de verkeerde plek.

"Shit, je hebt mijn neus gebroken," was zijn eerste reactie, gepaard aan erge pijn, opkomende duizeligheid en hevige bloeding uit zijn neus. Wat hij had willen bereiken was gelukt, nu werd ze kalm en was ze net zo geschrokken als de Schilder. De manier waarop was echter zeer ongewenst, temeer daar zijn dochter getuige was van hetgeen zich afspeelde. Een spoor van dikke bloeddruppels tekende zich af op de houten vloer toen hij een handdoek zocht om de bloeding te stelpen en een half uur later lag hij in het ziekenhuis om de hoek voor verder onderzoek en behandeling. Een röntgen foto bewees dat hij gelijk had, zijn neusbot stond bovenaan los van de schedel en het ziekenhuispersoneel adviseerde om binnen tien dagen terug te komen, de zwellingen zouden dan wel verdwenen zijn. De Chinese dame bleef nu heel kalm, beseffend wat voor een schade zij had aangericht en niet wetend hoe deze ramp en tropengekte weer ongedaan te maken.

Met verschrikkelijke hoofdpijn ging de Schilder de volgende dag met zijn dochter op reis, uitstel van de visumtrip was niet mogelijk vanwege de datum in zijn paspoort waarop zijn visum zou verlopen. Hij had blauwe plekken rond zijn ogen en zijn neus voelde alsof die van iemand anders was. Maar goed, het was aan de andere kant verstandig om op reis te gaan, op die manier kon hij nog een confrontatie met de verre vriendin voorkomen. Want ze was nu een veel en veel verdere vriendin dan voordat het incident had plaatsgevonden en de Schilder wilde niet nog meer tropengekte onder ogen zien. Hij voelde in meerdere opzichten een opdonder te hebben gekregen. De aanwezigheid van zijn dochter hield hem staande en zij kon hem enigszins opvrolijken gedurende de korte uitstap. Des te moeilijker werd het om haar nadien weer naar het vliegveld te brengen toen zij huiswaarts ging. De Schilder genoot van haar gulle lach op het moment dat zij immigratie passeerde, beantwoordde die met eenzelfde lach, maar voelde zich van binnen verre van kunnen lachen.

Sinds het voorval was zijn gevoel van veiligheid en geborgenheid in het atelier verdwenen. Ieder moment wanneer hij voetstappen hoorde op de trap, gevolgd door het rammelen van sleutels, versnelde zijn hartslag en begon hij enigszins te trillen. Bang voor het feit dat meer onbedachtzame gebeurtenissen konden volgen. De Chinese dame was de enige persoon die een kopie van de sleutelbos bezat. Zij had wel in de gaten hoe zijn houding jegens haar was veranderd en uiteraard voelde zij zich schuldig. Om die reden stelde zij voor het atelier niet meer te zullen gebruiken of te bezoeken, alle contact tussen beiden te verbreken en de verantwoordelijkheid voor de ruimte aan de Schilder over te laten. In feite had hij zelf al overwogen de ruimte op te geven. Via het internet had hij verschillende opslagruimtes gevonden waar je voor een redelijk bedrag enkele kubieke meters aan spullen kon opslaan. En dan waar naar toe, hij had nog geen idee. Eerst moest hij zorgen dat zijn neus gerepareerd werd en hij bezocht een specialist in het ziekenhuis om dat te gaan regelen. Na grondig onderzoek ontdekte de keel-, neus- en oorarts allerlei problemen in zijn neus en voorhoofd. Hij stelde daarom voor alles in een keer te verhelpen en wel zo snel mogelijk. En zo kwam het dat de Schilder gewapend met t-shirt en tandenborstel op weg ging naar het ziekenhuis. Hij zou na de operatie een nacht in het ziekenhuis dienen te blijven.

Hij kon zich nauwelijks herinneren dat de Chinese dame naast zijn bed zat en wat de specialist hem vertelde toen hij net wakker was na de operatie, alleen wist hij nog dat hij langdurig de hand van de chirurg stevig vast had gehouden gedurende zijn uitleg. De volgende dag vroeg de Schilder hem alle informatie nog eens te herhalen, werden de tampons uit zijn neus verwijderd en verliet hij nogal duizelig het ziekenhuis. Terug naar het atelier met een tas vol flessen, die gevuld waren met zout water oplossing om zijn neusholten te reinigen van aangekoekt bloed en anderszins. Aan de buitenkant was bovenop zijn neus een aluminium brug geplaatst en waren zijn neusgaten met gaas en pleisters afgeplakt. Hij zag er uit als een beroepsmatige bokser die net een wedstrijd had verloren en zo voelde hij zich ook.

De dagen die volgden waren verschrikkelijk. Hij wilde geen andere mensen ontmoeten, te veel pijn en het zou niet prettig zijn om zijn gezicht te tonen. Alsof zijn hoofd klem gezeten had tussen de pneumatische deuren van de ondergrondse, zo voelde het ongeveer. Vele dagen kon hij alleen maar achterover op bed liggen. Film kijken op televisie of een boek lezen waren al te inspannende activiteiten. En daardoor bestudeerde hij aandachtig het plafond, net zo lang als het herstel duurde. Maar hij herstelde en langzaamaan werd hij weer actief. Rond die tijd dook de verre vriendin ook weer op met het verzoek haar te vergeven en met het voorstel hun vriendschap voort te zetten.

Alhoewel de Schilder niet uit religieuze overtuiging handelde was hij in staat haar te vergeven en vroeg hij wel garantie voor het feit dat het gebeurde zich nooit herhalen zou. Ze verklaarde dat ze te hard had gewerkt en te veel tijd had gestoken in haar keur aan werkzaamheden. Vijf ochtenden per week lesgeven, kleding verkopen in de weekeinden, mode ontwerpen in de resterende uren en drie kinderen opvoeden was inderdaad een hele opgave. En daarbij ook nog de Schilder regelmatig willen ontmoeten om hem op weg te helpen. Maar alles bij elkaar geen excuus, in feite had de Schilder het gevoel dat zij niet kon hebben dat hij veel aandacht aan zijn dochter had geschonken gedurende haar korte verblijf. Nu was zijn dochter vertrokken en als schrikreactie op haar tropengekte reageerde zij nu anders en was ze veel en veel vriendelijker.

Uiteraard kwam via zijn dochter het rampenverhaal bij zijn aanstaande ex terecht. Ze had geen enkel medelijden met de Schilder, eigen schuld volgens haar redenatie. En sterker nog, ze stond niet meer toe dat zijn dochter hem zou bezoeken. Er mocht geen gevaarlijke vrouw in haar nabijheid zijn. Hij reageerde onmiddellijk met de vraag waarom hij dan nog in Düsseldorf in Azië zou blijven. Dat deed hij alleen maar, zeker na de onplezierige gebeurtenis, om zo dicht mogelijk in de buurt van zijn dochter te

zijn. Wanneer hij niet maandelijks zijn dochter zou kunnen ontmoeten, kon hij net zo goed naar Europa vertrekken om daar zijn ballingschap uit te zitten. Hier greep zijn
aanstaande ex haar kans om de Schilder en de Chinese
dame uit elkaar te drijven.

"Kun je je dochter dan niet meenemen naar Europa?"
vroeg zij, "en proberen haar weer op school te krijgen?"
Na enige aarzeling besloot de Schilder die stap te zetten
en begon hij na te denken over hoe het geld voor twee
retourtickets bij elkaar te krijgen.

Grenzen

Er kwam maar geen einde aan het religieuze proces waarin zijn vrouw aan het verdrinken was. Het was net eb en vloed, dichtbij, ver weg, dichtbij enzovoorts. En gelijkend op dat natuurverschijnsel, had hij het gevoel dat het proces nooit zou ophouden. Zij vertelde vaak dat zij nog niet eerder zo gelukkig was geweest. Zelfs een van haar zussen moest toegeven dat zijn aanstaande ex de meest fanatieke was in het hele gezin. De hoeveelheid religieuze boeken in huis groeide gestaag. Ze kreeg het voor elkaar om vier verschillende Bijbels te bezitten, een kleintje incluis voor onderweg. De televisie stond nagenoeg dagelijks afgesteld op een religieus kanaal dat via satelliet te ontvangen was. In de auto oversteeg een verzameling CD's met gewijde muziek zijn eigen collectie popmuziek. Ieder tekstbericht dat hij van haar per telefoon ontving eindigde met de tekst 'God bless you', in latere tekstberichten voor het gemak ingekort tot GBY.

De Schilder probeerde uit te vissen waarom dit allemaal kon gebeuren. Misschien was hij een te energiek persoon in haar ogen, te overheersend, waardoor zij zich nogal onzeker voelde over zich zelf. Veelvuldig had hij geprobeerd haar te helpen met het ontplooien van eigen activiteiten, maar het hield altijd op door gebrek aan motivatie. Cultuurverschil? De veertien jaar dat zij samen waren had zij last van ziekelijke jaloezie, zelfs koffiedrinken met een andere vrouw was al verdacht. In huis was ook niet veel te doen, personeel deed het schoonmaakwerk, kookte en onderhield de tuin. Waarschijnlijk kende haar leven een soort leegte en kon de religie dat gat uitstekend dichten. En in haar oorspronkelijke omgeving, haar thuisland, werd fanatieke geloofsbeleving van harte ondersteund. Anders had ze ook nooit zoveel vrienden kunnen maken via de kerk. Maar een bevredigend antwoord was moeilijk te ontdekken, het maakte haar niet uit of de Schilder begrip toonde of niet. Ze ondernam slechts bij herhaling pogingen hem bij haar religie te betrekken en zag in dat die opgave een onmogelijke bleek te zijn.

Op een dag raakte de Schilder heel erg van slag. Zijn vrouw kwam naar hem toe en liet een gedrukte folder zien, waarin de teksten in haar moerstaal waren geschreven. Het omslag was versierd met een witte duif, had hier en daar een gouden kleur en droeg de titel van een kerkgemeenschap die was gehuisvest in het ouderlijk huis waar zij was opgegroeid en waar nog steeds een aantal gezinsleden woonde en werkte.

Voor zijn gevoel kwam de religie nu veel te dichtbij en hij voorzag de nachtmerrie dat zijn eigen huis het volgende filiaal zou kunnen worden. Vol gitaarmuziek, uitgevoerd door amateurs, overdreven handgeklap, verlicht en verheven gezang alom en het ritme van tamboerijnen op de achtergrond. En de begeleidende rituelen. Het besprenkelen van beelden met gewijd water en heilige olie, idem dito tegen de muren en op de hoofden van de aanwezigen. De Schilder had hiervan al enkele malen een voorproef gezien. Iemand in hun midden genezen van het een of ander of gasten uitnodigen hiervoor, zodat zij konden bewijzen over helende gaven te beschikken. Inwijdingsrituelen in het zwembad. Lange gebedssessies en nog veel meer.

Een andere vorm van tropengekte.

Op dat moment werd hij gevraagd teamgenoot te worden van de filmploeg voor de geluidsopnamen van de documentaire in productie. Ongeacht wat de opdracht zou worden, de Schilder was klaar om te vertrekken en hij bevestigde deel uit te maken van de filmploeg. Toen de opnamen waren begonnen en hij al enkele dagen van huis was, belde hij zijn vrouw met de mededeling zich niet meer in staat te voelen om hun relatie voort te zetten. Verbazingwekkend genoeg reageerde zij laconiek, lachte een beetje en nam het bericht ter kennisgeving aan. Nadat de Schilder weer thuis was in de periode tussen arrestatie en deportatie, verbleef zij onderwijl bij familie in gezelschap van hun dochter.

Ondanks de aanhoudende onzekerheid over zijn positie kon hij weer ademhalen in zijn huis en voelde hij zich gevrijwaard van zwaarwegende verplichtingen. In feite voelde hij zich weer een vrij man en vierde dat nu en dan door andere dames te ontmoeten, niet voor de seks maar voor het hebben van verfrissende gesprekken en aangenaam gezelschap.

Slechts een keer liep het anders. Alvorens zijn dochter op te halen bij familie en haar de 'vlieg-helemaal-zelf' les te geven, overnachtte hij in het centrum van de hoofdstad. Laat op de avond bezocht hij een bar dichtbij het hotel en kwam hij een vriendelijke, lieve jonge vrouw tegen die zijn hormonen wakker maakte. Ze vergezelde hem midden in de nacht, haar hormonen waren ook gewekt, en de Schilder genoot van een intens en intiem treffen, hetgeen zich in de ochtend herhaalde en bijna nog eens onder de douche. Later kon hij het langere tijd zonder seksuele partner stellen, hij hoefde alleen maar aan die bijzondere nacht te denken en voelde zich vervolgens goed. Haar tedere lichaam en opgeruimde geest waren fotografisch vastgelegd in zijn gedachten.

Zijn dochter ging weer naar school na een korte vakantie en haar moeder bleef waar zij was in de hoofdstad. De Schilder was gespannen, niet wetend welke beslissing immigratie zou nemen. De stilte en het wachten deden hem geen goed. Alleen het halen en brengen vanwege zijn dochter haar schoolbezoek was een welkome afleiding en soms bezocht hij onder schooltijd zijn vrienden om van gedachten te wisselen. Het ticket om naar het trouwfeest van zijn vriend te vliegen had hij op zak, maar geen vergunning om het land te mogen verlaten en zonder die vergunning zou hij niet kunnen vertrekken. En ook zijn paspoort, met het hernieuwde visum om te mogen blijven, was nog in handen van de immigratie ambtenaren.

Al met al was het gevolg dat hij zich niet eens in staat voelde om nieuw werk te maken. Hij verkeerde in het luchtledige, er was geen frisse lucht. In velerlei opzichten had hij zijn grenzen bereikt, aangaande zijn vrouw, zijn kunst, zijn plannen, zijn netwerk en zijn huis. Zijn nabije vrienden begrepen heel goed hoe de situatie was en deelden zijn gevoel, maar uiteindelijk was de Schilder zelf degene die verplicht werd om een modus te vinden voor alle veranderingen en de pasgeboren beperkingen. Geen gemakkelijk karwei en hij was niet in Azië komen wonen en werken om deze toestanden mee te maken.

De zware omstandigheden vielen echter wel mee wanneer de Schilder aan een hele goede vriend dacht, die een eind aan zijn leven maakte door zich te verhangen en aan de mogelijke reden waarom. Hij was beeldhouwer, heel jong en enthousiast toen zij elkaar ontmoetten, bij toeval in New York in de winter. Ze kwamen erachter dat ze op dezelfde kunstacademie studeerden, de Schilder studeerde echter overdag en zijn latere vriend 's avonds, om die reden hadden ze elkaar nooit eerder gezien in hetzelfde gebouw. Een Amerikaanse docent had hen los van elkaar geadviseerd eens naar de 'Big Apple' te gaan voor de kunst en de cultuur en zo kon het gebeuren dat zij elkaar tegenkwamen.

Zijn vriend leefde aanvankelijk in een heel klein huisje, dat normaal gesproken gebruikt wordt door bouwvakkers op een bouwplaats. Een bouwkeet waar ze pauze houden om koffie te drinken en te lunchen, maar hij woonde de hele dag in die keet. De kleine zolder deed dienst als slaapkamer en soms sliepen ze daar allebei, niet gek in de winter wanneer de open, met gas verwarmde straalkachel 's nachts moest worden uitgezet. Het kon gebeuren dat het water in het toilet de volgende dag een grote ijsklomp was.

Een keer gingen de Schilder en zijn vriend op vakantie naar Zuid-Europa en maakten een hoop lol. De Schilder was net gescheiden van zijn eerste vrouw en was nodig aan vakantie toe om zich weer beter te voelen. Het had effect. Voor de grap deden zij zich urenlang voor als standbeeld in een park. Voorbijgangers hielden dan hun pas in om te kijken of zij echte beelden waren of niet. Sommige dagen klommen ze op een stenen sokkel, andere beelden vergezellend, camera's die overal op je neerkeken had je toen nog niet.

Denkend aan camera's herinnerde de Schilder zich hoe zij 's winters een grote stapel sneeuwballen maakten bij een groot kruispunt. Een voor een gooiden zij die ballen naar bewakingscamera's van de politie, die het kruispunt in de gaten hield. Ze hoopten allebei dat de dienstdoende agent achter de TV-schermen zou proberen de projectielen te ontwijken door onder zijn bureau te duiken.

Tijdens diezelfde reis deden de Schilder en zijn vriend een nieuwe ervaring op. Op de terrassen zagen zij heel wat mensen anijslikeur drinken, vergezeld door een schaaltje olijven. De likeur bestelden zij ook, maar ze hielden niet van de smaak van olijven, ze keken er alleen naar vanwege de mooie vorm. Maar tegelijkertijd voelden zij zich een buitenstaander door geen olijven te eten, terwijl anderen dat wel deden. En je zag ze overal, in de Griekse salade, op pizza's en zelfs in brood. Groene, zwarte, grote rode en soms met een vulling. Dus bestelden zij ook een schaaltje met olijven en nog een keer een. Met vertrokken gezicht aten zij ze allemaal op. De volgende dag herhaalden zij het ritueel en wat er gebeurde er, ze begonnen olijven lekker te vinden. Sinds die vakantie stonden er gegarandeerd, wanneer ze bij elkaar gingen eten, olijven op tafel.

De Schilder en de beeldhouwer hadden op veel manieren lol. Samenwerkend aan tentoonstellingen. Musea bezoekend. Gekke kleuren voedsel kokend tegen het einde van december, op die manier een kerstgevoel ontlopend. 's Nachts graffiti spuitend op het academie gebouw en sommige kerken in de stad. Een heel weekeinde zeilend op een houten boot. Vis en aardappels grillend en dan opeten, met olijven erbij natuurlijk.

Plotsklaps veranderde het leven van de beeldhouwer. De vriendin waar hij destijds mee omging was niet makkelijk in de omgang, tegen gekte aan en daar bovenop vernietigde een personeelslid van de academie zonder waarschuwing zijn beeldhouwwerken die in de tuin waren tentoongesteld. Er gebeurde te veel tegelijkertijd en hij onderging een mentale inzinking die jaren voortduurde. In feite hield die nooit meer op en hij was altijd aangewezen op medicijnen om extreme gevoelens en boosheid te onderdrukken. De vrolijke jongen die hij eens was verdween voorgoed. Alhoewel tijdens zijn laatste reis naar Europa de Schilder hem opzocht thuis en zag hoe gelukkig hij was met zijn beeldend werk en zijn toenmalige vriendin, zij hield van hem zoals hij was en omgekeerd. Toen zij afscheid namen omhelsde de Schilder hem en zei tegen hem hoe blij hij was bij het zien van zijn geluk, de jongen van vroeger leek weergekeerd te zijn.

Een jaar daarna echter kreeg hij via vrienden het slechte nieuws, dat hij op impulsieve wijze een eind aan zijn leven had gemaakt, geen afscheidsbrief, geen signalen om iemand te alarmeren. Zijn vriendin had de indruk dat zijn medicijnen niet meer het gewenste effect hadden, waardoor hij een extreme paniekaanval had gekregen. Nu was hij weg, de krachtige herinneringen uitgezonderd.

Opnieuw Europa

Om gevolg te geven aan het dringende verzoek van zijn aanstaande ex om met zijn dochter naar Europa te gaan, had de Schilder een geselecteerd aantal vrienden een email gestuurd. Met het verzoek hem te helpen door een van zijn kleinere schilderwerken aan te schaffen tegen speciale prijs. Van de opbrengst kon hij dan vliegtickets kopen. Binnen een week had hij voldoende toezeggingen binnen, ongeveer acht schilderijen, en was hij in staat om twee tickets Europa te boeken. Hij vroeg zijn aanstaande ex die schilderijen met zorg te verpakken. Aan de hand van verstuurde foto's controleerde hij of ze de juiste exemplaren had gepakt. Dat had zij. Zijn dochter zou de schilderijen meenemen wanneer zij naar het atelier in Düsseldorf in Azië kwam, iets van twee weken alvorens zij naar Europa zouden vertrekken. Toen zij arriveerde waren er echter geen schilderijen te bekennen. Haar moeder wilde het werk niet aan haar meegeven, ze wilde ze zelf komen brengen. De Schilder vroeg per telefoon of zij dan alleen kwam of met de Heilige Geest.

"We komen samen," was haar antwoord en de Schilder verzocht haar om dan niet te komen.

"Dan heb jij de schilderijen niet in je bezit," reageerde zij. De Schilder was kwaad, hij had net de tickets gekocht, hij moest en zou die schilderijen leveren aan zijn kopers in Europa. Opnieuw was hij nu afhankelijk van vrienden. Zij regelden voor hem dat de schilderijen werden afgehaald in zijn atelier bij hem thuis en een van hen zou enkele weken later eveneens naar Europa vertrekken en was bereid het werk mee te nemen. Opgelost, maar wat een gedoe.

Maar hij was ten minste blij zijn dochter weer te zien, dit keer gegarandeerd voor een langere periode en met het plan haar weer op school te krijgen in Europa. De Chinese dame was natuurlijk niet blij, beseffend dat de Schilder vele maanden weg zou zijn, zo niet voor altijd. Om het aanstaande gat een beetje te dichten zagen ze elkaar vlak voor vertrek veelvuldig en hun kinderen eveneens. Meestal vond zij het moeilijk haar emoties te tonen, een van de redenen dat de Schilder vaak moeilijk kon inschatten wat ze nou leuk vond en wat niet. Bovendien was ze niet erg bekwaam in het nagaan van zijn wensen en gedachtengang, meestal vulde zij zelf al in wat hij mogelijk wilde of dacht. En altijd met een enorme vaart, alsof zij constant haast had.

Alhoewel in ballingschap in een tropische Aziatische stad te verblijven, lukte het om winterkleding te bemachtigen in een winkel waar fabriekspartijen werden gedumpt. En de verre vriendin was zo aardig om winterkleren van haar kinderen uit te lenen, die waren verschillende keren in de winter naar de Verenigde Staten geweest, waar hun oma woonde. Wetende dat het winter was in Europa, moesten zij voor een goede uitrusting zorgen als bescherming tegen de kou. Met een indrukwekkende omvang aan bagage namen zij afscheid van de Chinese dame op het vliegveld en lieten zij Düsseldorf in Azië achter zich. Evengoed bleven er nog heel wat spullen achter in het atelier, die konden later worden opgehaald, bij terugkomst of worden opgeslagen tot het verscheept zou worden.

Ondanks de kou wachtte hen een warm welkom door

vrienden toen zij in Europa arriveerden. Zelfs hun kinderen waren vroeg opgestaan om voor schooltijd bij de aankomst aanwezig te zijn. Het vliegveld, de auto's en de huizen waren allemaal verwarmd, bepaald geen luxe. Tijdelijk konden zij logeren in het atelier waar de Schilder vroeger werkte, een kleine kerk. Daar was een keuken, een badkamer, de verwarming deed het en winkels voor dagelijkse benodigdheden waren in de buurt. Binnen een week ging zijn dochter naar school, waar zij haar vriendinnen weer zag na ruim vier jaar te zijn weggeweest. En, belangrijkste van alles, ze keerde terug in een noodzakelijk ritme.

Een Chinese(!) vriend had geholpen om het volgende huis te vinden, waar ze een maand konden blijven. Een van zijn contacten zou op reis gaan naar Azië en kon gebruik maken van een van de logeerkamers in het huis van de Schilder aldaar, ze waren het snel eens. Vanuit deze woning maakten ze weer kennis met sneeuw en ijs. Dat zorgde voor een sprookjesachtig landschap en een plezierige serene atmosfeer, die rust uitstraalde. Auto's, bomen en fietsen, alles in de straten was wit geschilderd door verse sneeuw die tijdens de nacht was neergedaald. De dagen gingen snel voorbij door bezoeken aan oude vrienden en feestelijke maaltijden buitenshuis of op hun eigen woonplek. En zo gebeurde het dat ze alweer uit moesten kijken naar een volgend huis om te kunnen verblijven, voordat het te laat was. De Schilder schreef zich in op een aantal websites waar bewoners oppassers zochten voor hun huis tijdens vakantie en waar bijvoorbeeld voor huisdieren moest worden gezorgd. Toen ontving hij een kopie van een email die een goede vriendin rond had gestuurd aan anderen, met de vraag of zij tijdelijk onderdak konden bieden aan de Schilder en zijn dochter. Een heel vriendelijke man belde hem en bood zijn woning aan, vlakbij de school van zijn dochter en voor drie maanden. Hij ging met zijn vrouw een fietstocht maken in Azië en het huis zou dan zonder meer onbewoond zijn. Ze maakten een afspraak voordat het echtpaar zou vertrekken, ontvingen instructies, de sleutels en het was zijn dochter toegestaan haar favoriete slaapkamer uit te kiezen. Niet eens makkelijk om te doen, want het drie verdiepingen tellende huis had best veel kamers. De Schilder was heel blij om te weten waar ze een paar weken later heen zouden gaan.

Via Skype onderhield de Schilder het contact met zijn verre vriendin. Dankzij het wederzijds gebruik van een camera voelden zij zich minder ver van elkaar verwijderd. Toch was de afstand wel een hinderpaal en zij misten elkaar, ze waren uiteindelijk tamelijk dik bevriend geraakt gedurende het halve jaar dat aan zijn vertrek naar Europa vooraf ging. Om zich beter te kunnen voelen besloten zij elkaar te gaan zien, zij kon zich een korte periode vrij maken van haar werkzaamheden. Dat gebeurde tijdens de schoolvakantie en zijn dochter ging graag spelen bij haar vriendinnen en bleef daar nu en dan ook logeren. Dat bood de Schilder en de Chinese dame de gelegenheid om regelmatig op pad te gaan. Zij had totaal geen last van de kou, hij dacht daar anders over, ondanks de schoonheid van het winterlandschap. Ze bezochten musea, interessante buurten en vrienden, totdat de school weer begon.

En zelfs in Europa kon het mis gaan. Er was nog steeds spanning voelbaar tussen de verre vriendin en zijn dochter en uiteraard kwam de Schilder op voor zijn dochter wanneer er door het een of ander een botsing ontstond, zeer zeker met de tropengekte nog vers in het geheugen. Om de laatste dagen van het korte bezoek te veraangenamen, adviseerde de Schilder zijn dochter om met hun bezoekster na schooltijd een gesprek onder vier ogen te hebben, hij zelf zou zich er niet mee bemoeien. En zo gebeurde, met als resultaat een aanzienlijk verbeterde sfeer tussen hen die laatste dagen. Skype werd het vervolg, net als voor de korte vakantie. De Schilder vroeg zijn dochter of zij in staat was om de verre vriendin te vergeven voor het drama dat zich in het atelier in Azië had afgespeeld. Ze dacht een tijdje na en antwoordde met een volmondig nee. Het zag ernaar uit dat de impact te groot was geweest, zij was bang dat het nog eens kon gebeuren en dit alles maakte dat de Schilder steeds meer terug naar huis ging verlangen, de periode van ballingschap dan eindelijk achter zich latend. Op die manier zou het contact met de verre vriendin vanzelf afnemen.

Ze verhuisden naar de volgende woning en probeerden uit te vissen hoe de verwarming werkte, waar de lichtknoppen zaten en hoe de keuken apparatuur functioneerde. Binnen een dag was het allemaal voor elkaar. De Schilder bestelde materiaal en groot formaat afdek folie in een winkel voor kunstenaarsbenodigheden, zo kon hij de vloerbedekking beschermen en op de grond nieuw werk maken. Een goede vriendin van de academie uit zijn studietijd had een tentoonstelling voor hem geregeld, met daaraan gekoppeld het verzoek nieuw werk te laten zien. Hij werkte elke dag aan deze nieuwe serie schilderijen.

Ondertussen was hij op dat nieuwe adres negen maanden in ballingschap. Het flitste door zijn hoofd om een feestje te geven op de dag dat hij exact negen maanden van huis was, een zondag. Dezelfde lengte als een gemiddelde zwangerschap kon duren, best wel lang. Maar hij besloot om geen feest te gaan geven en mensen uit te gaan nodigen, er bestond geen feestelijk gevoel.

Die bewuste zondag echter kwamen onverwachts veel

vrienden op bezoek en zij hadden wijn en eten bij zich. Zo ontstond er spontaan een feest, zonder enige voorbereiding en dat gaf hem wel een goed gevoel. Vier dagen later kwam er bericht per email dat hij spoedig terug mocht keren naar zijn woon- en verblijfplaats op het tropische eiland. Een vriendin van zijn aanstaande ex had via haar netwerk contact gekregen met de hoogste baas van immigratie. Hij bekleedde nog maar net die hoge positie en was bereid om een verklaring te ondertekenen dat de periode van ballingschap voorbij was. Nu voelde de Schilder zich werkelijk in feeststemming en wellicht was die zondag een voorzichtige aanloop geweest. Hij was vooral blij een bevestiging voor terugkeer op papier tegemoet te zien, nog een paar maanden extra wachten was ook nog wel te doen geweest. Zorgwekkend was het feit dat al die negen maanden geen enkel besluit zwart op wit had gestaan, de ballingschap had zomaar met een jaar verlengd kunnen worden, die onzekerheid was nu verdwenen.

De Schilder maakt zich op om na enkele weken te vertrekken. Eerst wilde hij zijn nieuwe serie werk afmaken en een afscheidsavond aan huis voorbereiden om alle vrienden dag te kunnen zeggen en hen te bedanken voor alle steun die zij hadden geboden. Azië was niet meer zo ver verwijderd.

Terug naar huis

De nieuwe schilderijen waren af, gevernist en stonden klaar om vervoerd te worden. Promotiemateriaal - folder, poster en video - voor de tentoonstelling in Europa waren ook klaar voor gebruik. Het schildermateriaal dat was overgebleven gaf hij aan zijn vriend en collega in het atelier in de kerk. De Schilder en zijn dochter organiseerden een bescheiden afscheidsfeest waar vele vrienden van allerlei leeftijd op afkwamen, het werd een avond om niet te vergeten. Iedereen besefte wel dat het zeker weer een tijd ging duren eer ze elkaar weer zouden gaan zien. Na afloop van het feest volgde een grote schoonmaak operatie in het huis. werd de was gedaan en moesten al hun spullen worden gepakt. Ze reisden met tachtig kilo bagage en het was mogelijk om dertig kilo daarvan op het vliegveld apart als vracht te laten versturen, dat deel zou dan pas later arriveren.

De terugreis naar huis had vertraging op kunnen lopen. Het paspoort van zijn dochter was nog slechts zes maanden geldig en zou vernieuwd moeten worden alvorens zij naar huis zou kunnen terugkeren. De Schilder wilde dit in orde maken tijdens hun verblijf in Europa, maar dan was een handtekening van beide ouders verplicht en dat zou ook voor vertraging hebben gezorgd. Dus nam hij het risico dat zijn dochter wel binnengelaten zou worden, slechts twee dagen tekort komend voor die verplichte geldigheidsduur van zes maanden. Maar de problemen ontstonden al bij de tussenstop in Düsseldorf in Azië. Hun retourticket vanuit Europa ging tot daar en zij moesten apart inchecken voor hun vlucht naar huis, dat ticket had hij aangeschaft met verdiende vliegpunten. Het grondpersoneel dat zijn dochter moest inchecken gaf haar geen toestemming om te vertrekken. Die zouden een forse boete kunnen krijgen wanneer zij de beperkte geldigheid van haar paspoort negeerden.

Om die reden had de Schilder de tussenstop zo kort mogelijk gehouden en verbleef hij slechts drie dagen met zijn dochter in de logeerkamer van de Chinese dame. Het werd een ontmoeting - wederom - vol gemengde gevoelens voor allemaal, zij had de wens dat zij langer zouden blijven, maar de Schilder wilde om allerlei redenen nu zo snel mogelijk naar huis. Zij begeleidde hen naar het vliegveld en ze hielp bij het onderhandelen vanwege de weigering zijn dochter te laten instappen op de vlucht naar huis. De Schilder was te zenuwachtig om op te treden, hij was nooit tevoren zo allergisch geweest voor uniformen en ambtenaren. Haar poging wierp vruchten af en op het laatste moment mochten zij vertrekken. Met de mededeling dat de paspoortkwestie moest worden geregeld bij aankomst. De verre vriendin kon haar emotie niet bedwingen en weigerde dag te zeggen, zij liet hen gewoon gaan op weg naar de pier waar het vliegtuig vertrok. Misschien had zij weer het gevoel dat hij haar voor altijd achter zou laten.

Om niet meteen op religie en rituelen te stuiten, had de Schilder zijn aanstaande ex niet op de hoogte gebracht van hun terugkeer naar huis. Zij verbleef nog steeds bij familie in de hoofdstad. Bij aankomst moest de Schilder een buitensporig hoog bedrag betalen aan immigratie om zijn dochter binnen te krijgen, alleen maar vanwege het feit dat zij twee dagen tekort kwam voor de zes maanden geldigheidsduur van haar paspoort. Maar hijzelf had geen probleem om weer binnen te komen en dat maakte het makkelijker om het verlangde bedrag op tafel te leggen. Opgelucht zaten zij allebei in een taxi op weg naar huis.

De Schilder voelde zich buitengewoon lekker om na tien maanden ballingschap zijn huis weer te betreden. Hij had het huis gemist en het huis had hem gemist. Zijn vrienden en zijn moeder hadden het huis bezocht tijdens zijn afwezigheid en vertelden de Schilder via Skype dat zijn aanwezigheid, zijn geest, zijn enthousiasme hadden ontbroken. Zij hadden de indruk dat hij was overleden net voordat zij aankwamen, al zijn kwasten, gereedschap en verf stonden gewoon daar, klaar om aan een nieuw doek te beginnen.

De plek was als een schip zonder kapitein, ronddrijvend zonder eindbestemming. Hij zag de gevolgen, alhoewel zijn personeel erg verheugd was hem weer terug te zien. Een deel van de villa had geen elektriciteit, een aantal buitenlampen waren kapot, telefoon- en internetverbinding waren afgesloten, buitenmuren dienden te worden geschilderd, enkele kamers waren vuil, de auto startte niet, noodzakelijk papierwerk moest nog worden gedaan en zo viel er nog veel meer te ontdekken. De salarissen van het personeel waren wel altijd betaald, van geleend geld, van kamerverhuur en van enkele schilderijen die waren verkocht.

De eerste week was er heel veel te doen. Hij hielp zijn dochter bij het herinrichten van haar kamer. Dankzij het geloof had haar moeder bepaald speelgoed, poppen, boeken en schilderijen laten verwijderen en dat lag nu opgeslagen in de garage. Daarin zouden slechte geesten verborgen zitten of dat zou slechte gedachten aangewakkerd hebben, alsof de duivel permanent aanwezig was.

Al zingend was zijn dochter haar kamer aan het veranderen en bracht zij speelgoed en schilderijen weer terug. De Schilder contracteerde verschillende werknemers om het huis op te frissen en om reparaties te verrichten. Hij maakte een menu dat twee weken bestreek en gezond eten op tafel zou garanderen. Hij bezocht de school van zijn dochter en kreeg voor elkaar dat zij een week later weer een nieuwe start kon maken.

Toen belde de moeder met het bericht dat zij binnen enkele dagen thuis zou komen. Via vrienden had zij hun terugkeer vernomen en ze wilde de Schilder en zijn dochter graag ontmoeten. Zij kwam en het directe gevolg was dat hun dochter opnieuw weigerde om naar school te gaan. Missie mislukt. In plaats van naar school te gaan, hing zij nu met haar moeder op de bank om een beetje te kletsen en naar onzin programma's op televisie te kijken. De moeder zag nog steeds niet in hoe belangrijk en ingrijpend schoolgang zou zijn. Dat had ook te maken met haar religieuze betrokkenheid. Op school wordt onderricht gegeven over evolutie en andere principes die voor haar geloofsrichting niet aanvaardbaar waren. Om die reden raadde haar geloof thuisonderwijs en privé lessen aan.

Per ongeluk had de Schilder een documentaire gezien over dit onderwerp. Over kinderen die door hun ouders naar een zomerkamp werden gestuurd waar Jezus en de Heilige Geest ook vierentwintig uur aanwezig waren. Een vrouwelijke predikant verzorgde voordrachten over zonde en bedrog, zo indringend dat kinderen huilden en hun schuldgevoelens gingen opbiechten. Sommige kinderen beleefden hun geloof zo intens dat zij verklaarden later ook predikant te willen worden. Halleluja. De Schilder voelde zich behoorlijk misselijk na dit te hebben gezien en het was niet moeilijk om een link te leggen met zijn eigen situatie.

Ook al probeerde zijn aanstaande ex haar religieuze activiteiten te verbergen, hij kon nog steeds haar bezigheden voelen, ruiken en ontdekken. En hij was ontstemd over het ontbreken van iedere steun om hun dochter weer op school te krijgen. Daarom adviseerde hij hun allebei om het huis te verlaten en hun tijd door te brengen bij familie in de hoofdstad, ze gingen. Nu was de Schilder een aantal maanden alleen in een huis dat met gemak tien mensen kon huisvesten. Via Skype had hij nog steeds contact met zijn verre vriendin, soms iedere dag. Door een camera te gebruiken was hij virtueel dicht bij haar en andersom. Een enkele keer liep zij halfnaakt door haar slaapkamer, waar haar computer stond, of kleedde zij zich om in zijn aanwezigheid. Hij raakte daar behoorlijk opgewonden van, zeer zeker wanneer ze dit tegen bedtijd deed.

Gedetailleerde gesprekken, de mogelijkheid haar gezicht te zien en de opwinding door de verkleedpartijen leidden stap voor stap tot een toenemende behoefte haar weer eens in levende lijve te zien. En zo kwam het dat zij de overtocht maakte en de Schilder in zijn huis bezocht. Na binnenkomst lagen zij vrijwel onmiddellijk samen in bed. Ze waren soms zo opgewonden dat ze de liefde bedreven onder de douche, in zijn atelier en een keer 's nachts in het zwembad. De Schilder had niets te klagen betreffende hun lichamelijke ontdekkingstocht. Maar de mentale ontmoetingen waren verre van gemakkelijk, net als voorheen. Zij kon heel snel wisselen van stemming zonder aanwijsbare reden en de Schilder raakte daardoor telkens weer in de war.

Het leven gaat door

Na iedere ontmoeting met de verre vriendin waren tekst-berichten, telefoongesprekken, Skype sessies en emails noodzakelijk om donkere wolken te voorkomen of weg te nemen. Ondanks de intense liefde voor elkaar was er iets in hun karakter en verwachtingspatroon dat niet overeen kwam. Pijn, verwarring en boosheid veroorzakend. De Schilder probeerde te begrijpen en te accepteren dat het ook een neveneffect kon zijn van het onderhouden van een relatie op lange afstand. Met de onmogelijkheid om op ieder gewenst moment een kwestie aan te kaarten, al-tijd maar een goed moment af te moeten wachten en vaak kwam dat moment helemaal niet of veel te laat. Vanwege werkzaamheden, vermoeidheid of te korte ogenblikken om een intensief gesprek te kunnen voeren. Maar er was meer aan de hand.

Het ontging hem meestal niet dat zij er op uit was zijn leven te reorganiseren. Dat gaf hem het gevoel dat hij on-voorwaardelijk tot haar nieuwe echtgenoot werd bestem-peld, terwijl hij nog niet eens gescheiden was van zijn partner in zijn bestaande huwelijk. Ze had gesuggereerd haar werkkring op te geven en een nieuwe start te zullen maken op het eiland waar de Schilder leefde. Of samen verhuizen naar een ander land en daar een nieuw thuis opbouwen voor hun zelf en de kinderen. Daar begonnen zijn twijfels. Hij moest nog zoveel doen sinds zijn deporta-tie. Nieuwe kunstwerken maken, zijn huis onderhouden, het leven van zijn dochter vorm geven, met of zonder haar moeder in de buurt, geld verdienen met ontwerpen, gemaakte schulden aflossen en meer van dat alles. Die zaken vroegen allereerst om aandacht en de Schilder besefte bovendien dat een toekomst met haar niet een heel makkelijke zou zijn. Zij - als stadsmens - had meestal haast. Ze kon zoveel energie ten toon spreiden, dat haar plannen al gemaakt waren nog voordat de Schilder zich realiseerde dat zij een plan had. Permanent opgeladen batterijen, interessant, maar veel onrust veroorzakend voor een potentiële partner. In feite gedroeg de Schilder zich hetzelfde toen hij nog in Europa leefde en nu was hij veranderd door tropische invloeden en de leefomstandigheden. Hij zou ook graag willen dat zij meer luisterde, ze kon zonder onderbreking praten, hem nauwelijks een moment gunnend om te reageren.

Hij besloot haar te vragen of ze uit de voeten kon met het hebben van niet meer dan een goede vriendschap samen, zo lang dat vereist werd, met het perspectief om nog steeds samen te werken en hun contact te onderhouden. Dat wilde ze van geen enkele kant proberen, het was alles of niets, haar zienswijze was absoluut meer zwart-wit dan waarop de Schilder gehoopt had. Dat standpunt veroorzaakte wederom veel gedoe en soms zeiden ze iets tegen elkaar waar ze later allebei behoorlijk spijt van hadden. Ze reageerde altijd erg drastisch. Net als met de religieuze toestanden was het getij met eb en vloed weer terug van weggeweest. De Schilder vroeg zich af hoe dit getij te stoppen op een vriendelijke manier, zonder haar pijn te doen, zonder schade aan te richten en zonder zich zelf er heel slecht onder te voelen. Hij wilde zeer zeker niet grof zijn en slecht gemanierd overkomen. En hij wilde ook niet de deur dichtgooien. Hij was te zeer op haar gesteld en hield te veel van haar om dat te kunnen doen, maar aan de andere kant kon hij nu geen beloftes doen en haar gunstiger stemmen voor wat de toekomst betrof. Hoe de deur open te houden. Een heus dilemma en hij kon vele nachten de slaap niet vatten door gemengde gevoelens. Haar aantrekken en afstoten, precies zoals de golven bewegen, dag en nacht. En de afstand natuurlijk, een vlucht van tweeëneenhalf uur en beslist niet gratis, hielp ook niet erg om een bevredigende oplossing te vinden. De Schilder had het gevoel in een wasmachine te zitten, niet wetend hoe veel keren de trommel nog eens rond zou draaien, hoe veel adem er nog over was, waar de tijdklok zou stoppen en wat het resultaat zou zijn. Benauwend was het.

Voorafgaand aan zijn tweede huwelijk had hij heel wat relaties achter de rug, sommige voor korte tijd en sommige duurden aanzienlijk langer. Maar nooit zo intens en stormachtig als hij nu met de verre vriendin meemaakte. Ze was op meerdere manieren aantrekkelijk, uitdagend op de momenten dat hij uitgedaagd wilde worden. Ze droeg grappige hoeden om haar gezicht tegen fel zonlicht te beschermen. Ze zorgde goed voor haar collectie opvallende schoenen, die werden altijd zorgvuldig in hun originele doos weer opgeborgen of in speciale hoezen wanneer ze op reis was. Die liefde voor schoenen hadden zij echt gemeenschappelijk. Sinds de Schilder het ouderlijk huis had verlaten bewaarde hij alle schoenen die hij ooit had gekocht en degene die favoriet waren, daarvan kocht hij altijd een extra paar. Van sommige schoenen verfde hij dan de neus of de hielen in een andere kleur, zodat hij meerdere combinaties kon maken.

Toen hij Europa verliet en zijn collectie moest opruimen dan wel uitdunnen, telde hij meer dan zestig paar schoenen die nog steeds in gebruik waren. In Azië nam zijn liefde voor schoenen noodgedwongen af omdat hij daar sandalen droeg en die waren qua kleur en ontwerp een stuk minder interessant. De Schilder noemde die zijn 'cabrio's'. Nu droeg hij slechts een paar keer per jaar dichte schoenen wanneer hij op reis ging naar de hoofdstad of over de grens. Hij was een keer met zijn schoonfamilie in de hoofdstad op weg naar een vier sterren hotel en had nog steeds sandalen aan, daarop liep hij het liefst vanwege de warmte. Een schoonzus keek halverwege de rit omlaag in de auto en riep meteen: "We moeten terug naar huis, met die sandalen aan word je niet toegelaten in dat hotel!". Mokkend moest de Schilder aanvaarden terug te keren en schoenen te wisselen. Zo kreeg hij niet eens de kans om te testen of het wel waar was wat zij dacht.

De verre vriendin had een goed hart, daaraan twijfelde hij niet. Zij had hem tijdens zijn ballingschap zo vaak en zo veel geholpen dat zij zelfs haar eigen belangen daarvoor had opgeofferd. Onderdak vinden, hem uit eten vragen, kleine cadeautjes kopen, de wil om naar zijn ongenoegen te luisteren en hem voor te stellen aan haar vrienden. Geen andere vrouw zou dat zo makkelijk voor hem hebben gedaan. Aan de andere kant viel hem op - hij was de derde man en minnaar in haar leven - dat zij hem koesterde op bijna extreme wijze. Met het risico het evenwicht te verstoren, zoals meer dan eens gebeurde. Verder had zij te maken met het feit dat de Schilder nog steeds gehuwd was. Ze had nooit een poging gedaan zich daarmee te bemoeien, alleen de omstandigheden hadden soms daartoe geleid. En aanvankelijk dacht zij dat de Schilder alleenstaand was, hij gedroeg en voelde zich zo in de eerste weken dat zij elkaar net kenden en vervolgens was het te laat om te stoppen, ze waren al verliefd op elkaar. Ze hield er rekening mee dat de Schilder eventueel twee vrouwen in zijn verdere leven zou hebben of in elk geval voor langere tijd.

Alles bij elkaar veronderstelde de Schilder uiteindelijk dat de afstand, geografisch en fysiek, het grootste obstakel vormde. Beiden hadden zij wel gemerkt zich het beste te voelen wanneer zij in staat waren elkaar vast te houden en te liefkozen, uitkijkend naar een intiem gesprek na romantisch en innig contact. Kaarslicht zonder kaarsen bij de hand te hebben. Zachtaardigheid door harde gevoelens te laten smelten. Luisteren zonder te praten. Strelen zonder aan te raken. En nu, snakkend naar frisse lucht, harmonie wensend in zijn verdere leven, onafhankelijkheid nastrevend, de herstart om kunst te maken, nam hij het zware besluit om te stoppen met de nauwe band die zij hadden. Aangemoedigd door een laatste conflict of misverstand dat zij hadden via de telefoon, email en tekstberichten. Zij beschuldigde de Schilder meerdere malen van desinteresse voor het aannemen van nieuwe kunstprojecten die zij had voorbereid, van het alleen maar bezig te zijn met het jagen op andere vrouwen, van het zich niet bekommeren om haar en haar inspanning om nieuwe contacten te leggen in Azië en van nog veel meer. Kennelijk had ook zij een excuus nodig om de omstandigheden te veranderen en om meer afstand te nemen dan zij samen ooit wenselijk hadden geacht. Alhoewel het zeer frustrerend was om te horen, het had effect, hij gooide de deur dicht. Voor altijd of niet, dat zal een wezenlijke vraag blijven.

De Schilder herinnerde zich een uitspraak dat een nagenoeg perfecte partner wellicht de kruising is tussen een moeder, Maria en een minnares. De verre vriendin had het allemaal in zich, alhoewel de dreigende tropengekte altijd in de lucht hing. Zijn aanstaande ex had afgelopen jaren vooral de rol van Maria vervuld of op zijn minst geprobeerd zich als zodanig te gedragen.

Ontspoord

Eenmaal teruggekeerd in zijn huis en atelier had de Schilder aanvankelijk het idee dat hij redelijk snel de draad van zijn oude leven weer op kon pakken. Zeker nadat het doek was gevallen voor de verre vriendin. Maar er waren - behalve de inspanning om zijn dochter weer op school te krijgen - nog tal van obstakels. Zijn aanstaande ex bijvoorbeeld, die wilde per se proberen de boel te lijmen. Niet dat zij diepgaande gesprekken aan wilde gaan, nee, zij ontkende gewoon de gebeurtenissen die de voorgaande jaren hadden plaatsgevonden. Angstvallig hield zij iedere religieuze activiteit verborgen en meed zij de godsdienst als gespreksonderwerp.

De Schilder merkte echter dat zij zich zeer regelmatig terugtrok in de slaapkamer. Die deelde zij met hun dochter omdat de Schilder liever alleen sliep sinds zij weer aanwezig was. Daar zat of lag zij dan op bed langdurig naar gewijde muziek te luisteren met oordopjes in. En zij probeerde ontzettend vriendelijk te zijn voor de Schilder, op die manier pogend hem weer terug te winnen. Zij huurde zelfs - zonder overleg - een bedrijfspand voor vijf jaar, waar, zo vertelde zij, ontwerpen die de Schilder had gemaakt op textiel konden worden gedrukt. Uiteraard hadden geloofsgenoten een grote vinger in de pap. Die hielpen met de renovatie, het inkopen van materiaal en zouden ook de productie en promotie op zich nemen. De Schilder zag in gedachte ook al een collectie jurken met vredesduiven. Indirect probeerde zij toch de Schilder weer op haar pad te krijgen. Des te vriendelijker zij zich probeerde te gedragen, des te afstandelijker werd de Schilder. Qua middelen kon ze gebruik maken van haar erfdeel, dat na vele jaren soebatten met instanties eindelijk was vrijgekomen en uitbetaald. Ook in deze kwestie had het geloof een enorme rol gespeeld. Samen met haar zussen en broer had zij enorm gebeden en de kerk - inclusief de televisie dominee's - gesteund om die uitkering voor elkaar te krijgen. Logischerwijze maakten zij zich nu druk over hoe de tien procent voor de kerk te gaan besteden, voortvloeiend uit gedragsregels die hun kerkgenootschap uitdroeg.

De eerste maanden na terugkeer hadden zij elkaar alleen incidenteel ontmoet gedurende haar verblijf met hun dochter bij familie in de hoofdstad. Enkele keren had de Schilder in die periode een tussenstop gemaakt in de hoofdstad wanneer hij terugkeerde uit Düsseldorf in Azië van een bezoek aan de verre vriendin en andere contacten. Gekoppeld aan die korte bezoeken was het contact met zijn aanstaande ex wel vol te houden en zag hij toch regelmatig zijn dochter.

Door het feit dat zij bij familie verbleef en hij de relatie met de verre vriendin min of meer had stopgezet, kwam het zeer gelegen dat hij op een avond in een restaurant een lieftallige Aziatische vrouw tegenkwam. Zij was goedlachs en had wonderwel een aantal jaren op het verre eiland, waar de Schilder in moeilijkheden was geraakt, gewoond en gewerkt. Alsof ze van de geheime dienst was en het verhaal een vervolg dreigde te krijgen, maar dat was niet het geval. Wel merkte de Schilder dat hij door autoriteiten in de gaten werd gehouden, hij probeerde echter om zich een flinke tijd zo onopvallend mogelijk te gedragen.

Hij zag de lieftallige Aziatische vrouw heel regelmatig

en nodigde haar diverse keren uit om een aantal van zijn vrienden te bezoeken. Want dat was een ander obstakel, de Schilder had heel wat tijd nodig om zijn netwerk weer nieuw leven in te blazen. Sommige vrienden had hij gelukkig wel gezien en gesproken tijdens zijn ballingschap, maar er waren heel wat vrienden die hij al meer dan een jaar niet had ontmoet. En hij was niet van plan die contacten weer op te pakken in het bijzijn van zijn aanstaande ex, de meesten wisten van de feiten die tegen haar aanwezigheid pleitten.

Het duurde niet erg lang eer de Schilder en de lieftallige Aziatische vrouw een liefdesrelatie hadden, ze konden het goed vinden samen. Misschien versterkt door het feit dat zij middenin een echtscheidingsprocedure zat en mede daardoor begreep waar de Schilder over sprak. Hij vond het vooral prettig dat hij zich bij haar op zijn gemak voelde onder verschillende omstandigheden. In gesprek, in een restaurant, in aanwezigheid van vrienden, in bed en in zijn blootje. Bij haar geen enkel spoor van tropengekte te bespeuren.

Veelvuldig spraken ze voor de weekeinden af in het huis van de Schilder, daar was alle ruimte en konden ze elkaar liefkozen op heel verschillende plekken. Soms zagen ze elkaar na haar werk - ze had een full-time baan op een kantoor - en brachten zij uren door in een kleine bar middenin een zwembad bij een groot hotel complex. De Schilder had om die reden altijd hun zwemkleding en handdoeken paraat in de auto. Zij woonde in een piepkleine kamer, een soort pension gedeeld met anderen, en sprak liever niet daar af. Ook om roddels tegen te gaan.

Ondanks de obstakels die de herstart met zich meebracht, had de Schilder een soort vakantiegevoel door hun innige band en kreeg hij nieuwe energie. Dat was hard nodig, want ook het op gang komen met nieuwe kunst-werken was een obstakel. En hij voelde zich niet meer als voorheen, niet met zijn aanstaande ex, niet met zijn atelier, niet met het land en zelfs niet met sommige vrienden. De deportatie had toch wel veranderingen teweeg gebracht naast de dwaze avonturen van zijn aanstaande ex. En het werd nog dwazer. Zonder aankondiging vooraf besloot zij op een dag met hun dochter terug te keren naar hun gezamenlijke huis. Mede om de schoolsituatie van hun dochter te bespreken, had ze ter toelichting gezegd. De Schilder had er op aangedrongen met een suggestie en gedetailleerde informatie betreffende school te komen wanneer zij samen in de hoofdstad zouden blijven wonen, want daar was uitgebreid over gesproken. Niets van dat alles en hierdoor belandde hun dochter op de school waar zij eigenlijk al een jaar had kunnen doorbrengen.

Om de ontstane afstand tussen beide te garanderen, viel de Schilder vrij snel met de deur in huis en vertelde haar over de nieuwe verstandhouding die hij had met de lieftallige Aziatische vrouw. Ze ontplofte niet onmiddellijk, maar reageerde met dezelfde jaloerse gevoelens die zij al sinds lange tijd getoond had, ook in de tijd - voorafgaand aan de deportatie - dat er nooit en te nimmer een andere vrouw in het geding was. Een nieuw obstakel was nu dat de Schilder zijn nieuwe vriendin niet meer thuis kon uitnodigen, zijn aanstaande ex zou waarschijnlijk moordneigingen hebben gekregen. En zo kwam het dat zij de weekeinden elkaar zagen in een klein hotel een eind verderop op het eiland. Door de omstandigheden was er altijd veel gespreksstof en de Schilder keek uit naar die weekeinden als uitlaatklep en ter ontspanning.

Tijdens een van die weekeinden was de Schilder jarig, maar hij had zijn aanstaande ex al laten weten dat niet te willen vieren. Dat verzoek negerend werd hij de ochtend van zijn verjaardag getrakteerd op een heel uitgebreid ontbijt, een uitzinnig groot boeket bloemen en een assortiment chocolade. Evengoed deelde hij mee de rest van de dag niet aanwezig te zullen zijn omdat hij met zijn vriendin had afgesproken. Toen sloeg de vlam in de pan. Ze smeet de bloemen over de erfscheiding, de chocolade collectie verdween in een riviertje naast het huis, daar gooide ze een met de hand beschilderde vaas aan stukken op de veranda, een leunstoel er achteraan, nog een stoel, een porseleinen olifant en nog meer voorwerpen die zij voorhanden had. Weer tropengekte, dacht de Schilder en hij probeerde zo ver mogelijk buiten schot te blijven. Niet nog een keer een gebroken neus. Om de boel een beetje te relativeren vroeg hij of ze nog meer kapot wilde gooien, dan kon hij het aanreiken. Hun dochter kwam geschrokken op de herrie af die de door hele scène werd veroorzaakt. Ook zij had zo haar herinneringen en kennelijk niet verwacht dat haar moeder in staat was nogal buitensporig tekeer te gaan. Als reactie maakte ze meteen duidelijk bij een vriendin te willen logeren en de Schilder besloot zijn afspraak een dag op te schorten.

De Schilder ontmoette evengoed de volgende dag zijn vriendin. Zij trakteerde hem als cadeau op een nieuwe film op DVD, een heerlijke vrijpartij midden op de dag en als dessert een aangename massage, waarna hij in diepe slaap viel en tot rust kwam. Zij had vrij snel door hoe gespannen hij was door alles, jarig of niet. Die avond gingen zij uit eten in een nabij gelegen restaurant en kletsten heel wat af. Dit patroon hield een tijd stand. Een of twee dagen per week samen met zijn vriendin werd zijn medicijn om de rest van de week aan te kunnen en daarbij hadden ze meerdere dagen contact via Skype en SMS. De

Schilder vond via internet nog betere accommodatie voor de weekeinden tegen een lagere prijs. Met zwembad in de tuin en een televisie met DVD-speler op de kamer. Films kon je lenen bij de eigenaar van het logeeradres en samen hadden ze alle tijd om van dat medium en van elkaar te genieten. De weken bestonden nu uit weekeinden en doordeweekse dagen, net een kantoorritme.

Totdat ineens de verre vriendin zich telefonisch meldde en aangaf over informatie te beschikken met betrekking tot de Schilder en zijn nieuwe vriendin. Ze sprak zelfs uitgebreid zijn aanstaande ex hierover per telefoon. Wellicht had zij in paniek verkerend haar portemonnee getrokken en een privé detective in de arm genomen. Ze kon in elk geval haarfijn aangeven waar en wanneer de Schilder de lieftallige Aziatische vrouw iedere keer had ontmoet, welk soort werk zij deed en dat zij nog niet zo heel lang gescheiden was. In haar ogen was de nieuwe vriendin een prostituee die in ruil voor traktaties haar diensten verleende. Te gek voor woorden natuurlijk, maar die opvattingen werden van harte ondersteund door zijn aanstaande ex. De situatie werd er niet beter op en de Schilder besloot tijdelijk rustig aan te doen. Twee vrouwen in de buurt die overkookten en vol jaloezie rare dingen deden, dat was teveel en de Schilder wilde ook zijn vriendin niet belasten met zijn lange en korte termijn verleden. Zij had al genoeg moeten aanhoren, alhoewel ze daartoe altijd bereid was geweest.

Het viel de Schilder op dat zijn aanstaande ex, om uiting te geven aan haar geloof, het handen schudden had verruild voor veelvuldig puffen, een soort van onbedoelde yoga oefening. Alsof ze constant kaarsjes aan het uitblazen was. Ze had het zelf niet eens in de gaten, maar storend vond de Schilder het wel. Zijn dochter beaamde dat een zus van haar moeder dat ook deed. Het gebeurde met name bij gevaarlijke situaties in het verkeer en wanneer de lieftallige Aziatische vrouw ter sprake kwam, ook gevaarlijk natuurlijk. Al met al voelde de Schilder een toenemende behoefte om een tijd lang onzichtbaar te zijn, maar dat was niet makkelijk. Ondanks de omvang van de villa kwam hij elke dag zijn aanstaande ex tegen, zij was niet van plan het veld te ruimen en schoof alle schuld voor verandering in hun leven in de schoenen van de nieuwe vriendin. Zij was het vervangende kwaad sinds de Chinese dame van het toneel was verdwenen. De Schilder zou door haar betoverd zijn als gevolg van zwarte magie en ze zou helemaal niet aantrekkelijk zijn, alsof hij maandenlang zonder bril (-7 voor beide ogen) had rondgelopen.

Door de geforceerde pauze werd het verlangen om zijn vriendin te zien alleen maar groter. Bij ieder signaal in die richting beet zijn aanstaande ex hem toe naar de politie en immigratie te zullen gaan en die vriendin ook het leven zuur te zullen maken. Laconiek vroeg de Schilder of hij kon helpen de juiste telefoonnummers te verschaffen, hij was niet onder de indruk van die bangmakerij en deed alleen kalm aan nu om zijn dochter ellende in huis te besparen. En om te voorkomen dat haar schoolgang problematisch zou worden, ze was nog maar net begonnen.

En ook om te verhinderen dat de lieftallige Aziatische vrouw werkelijk problemen zou krijgen, dat verdiende ze niet. De Schilder voelde zich zelf verantwoordelijk voor de ontstane situatie, zijn vriendin had hem nooit een bepaalde kant op geduwd. Hij overwoog, omdat zijn vrouw niet meer de indruk maakte het huis te willen verlaten, elders op het eiland een kamer te betrekken. De villa had bovendien te veel kamers en meubilair om een scheiding van tafel en bed voor elkaar te kunnen krijgen. Het zou een scheiding van tafels en bedden moeten worden, te ingewikkeld. Temeer daar de Schilder geëmigreerd was en daardoor niet in zijn geboorteland de echtscheiding zou kunnen regelen. De villa verkopen, de winst verdelen en ieder een nieuwe start maken leek hem de beste oplossing. Maar het zou ook nog kunnen gebeuren dat zijn leven nog een keer volledig op zijn kop zou komen te staan. Misschien weer de koffers pakken en de grens oversteken, ver weg van tropengekte.

Een ding was zeker nu, de stoptrein die vele jaren gemoedelijk onderweg was en noodgedwongen een sneltrein werd, dreigde nu volledig te ontsporen. Vele vrienden, kennissen en familieleden hadden flink wat trajecten meegereisd, maar nu was er sprake van oncontroleerbare wissels, kromme rails, gestolen koper, ontregelde seinlichten en de Schilder was benieuwd of en hoe hij het volgende station zou halen. Wat zijn aanstaande ex betrof had hij nu het gevoel slechts een goederentrein uit alle macht rijdende zien te houden.

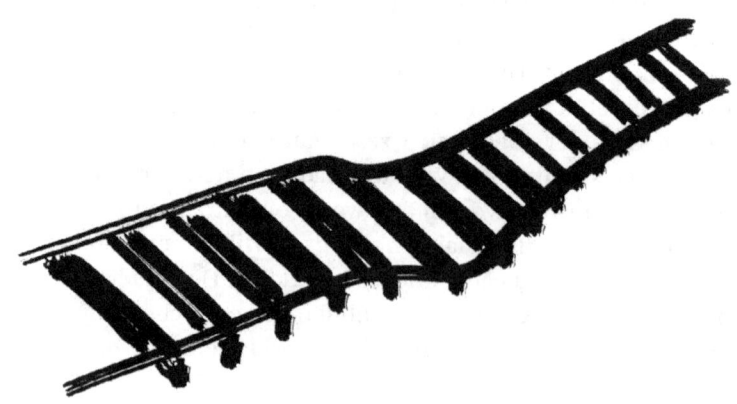

Epiloog

En inderdaad werd het leven er nog niet makkelijker op. Na veel wikken en wegen huurde de Schilder een kamer in een pension, op de motor slechts acht minuten rijden van zijn villa vandaan. Hij kende dit adres door een Indonesische vriendin die hij jaren daarvoor had ontmoet en ook zij was ooit een aanleiding tot ontploffing aangaande zijn aanstaande ex. Zij was een yoga lerares en hij ontmoette haar voor het eerst bij een Kerstfeest dat helemaal niet op een Kerstfeest leek. De gastheren waren twee homo's die een klein kuuroord bezaten en zij gaf daar training en behandelingen op professionele wijze. Een vriendelijke dame met een hartelijke lach en een optimistisch voorkomen.

Maar hij kon haar nooit thuis introduceren, zijn vrouw zou nooit accepteren of geloven dat je met een andere dame thee of iets anders kunt gaan drinken, een beetje kan kletsen, zonder verdere plannen te maken en te fantaseren over hoe je haar zo snel mogelijk in je bed kunt krijgen.

De eigenaren van het pension waar naartoe de Schilder vertrok waren erg aardig, berekenden een rechtvaardige vergoeding voor het onderkomen en zij serveerden aantrekkelijke maaltijden in hun kleine restaurant dat aan de straat lag. De Schilder verhuisde nadat hij in de villa zijn bureau en kasten had opgeruimd. De dingen die hij mogelijkerwijs nodig had pakte hij in plastic kratten met een deksel en wielen eronder. Uit een boek over de Google geschiedenis en ook uit zijn eigen verleden had hij onthouden dat het verstandig is je spullen zo draagbaar mogelijk te laten zijn. Toen een digitaal opslagcentrum failliet ging, moest Google al hun servers verplaatsen en dat was een heidens karwei. Het zou een stuk makkelijker zijn geweest om te verhuizen wanneer alle rekken met computers wielen hadden gehad. En daar zorgden zij voor na die eerste ervaring, alles werd verplaatsbaar en draagbaar.

Zo ook handelde de Schilder, niet alleen qua wielen, hij probeerde ook minder om zich heen te verzamelen dan hij voorheen gewend was. Nu nam hij slechts een klamboe, zijn laptop, een aantal harde schijven, een handvol kleding, twee kleine schilderijen, bestek voor drie personen, lampen en een paar DVD's mee. Binnen een week kocht hij een kleine koelkast en installeerde hij een waterreservoir.

Zijn hoofd zat zo vol dat de kamer haast niet leeg genoeg kon zijn. Er was wel een extra bed voor zijn dochter, maar zij was niet zo enthousiast over zijn nieuwe thuis en bleef liever bij haar moeder in de villa. Dat kon de Schilder zich wel voorstellen, maar hij had in gedachten al afscheid genomen van die mooie locatie. Tijd om de villa te verkopen. Verder was haar moeder nogal bang in haar eentje in het grote huis en moest hun dochter een beetje fungeren als jongere zus om voortdurend samen te eten, te kletsen en te slapen. Bijna vijf maanden lang was de Schilder getuige van dit tafereel, zelfs wanneer hij probeerde zijn aandacht te verleggen. Uiteindelijk hield hij het theater spelen niet meer vol.

Nu genoot hij of probeerde in elk geval te genieten van

de nieuwe geluiden in de nacht, de geur van verse bloemen in de kleine tuin en het feit dat hij in het centrum van het stadje woonde. Dat maakte boodschappen halen, de was wegbrengen en er op uitgaan een stuk eenvoudiger. En met zijn draagbare spullen was hij in staat lange dagen te werken en de taken die hij zichzelf had gesteld te volbrengen. De nieuwe plek had geen geschiedenis en herinneringen wat betrof zijn aanstaande ex, zijn dochter, andere vrouwen, personeel, bezoekers enzovoorts.

Een echte schuilplaats zoals je die vaak kon zien in Amerikaanse films of televisieseries. Met het verschil dat het daar kon sneeuwen en vriezen, terwijl de Schilder van de warmte genoot.

Bovendien had de verre vriendin, de Chinese dame en intussen wel heel verre vriendin, nog steeds niet geaccepteerd dat de Schilder de deur had dichtgegooid. Denkende dat zij het beste paar ter wereld zouden vormen en bang dat de Schilder de relatie met zijn aanstaande ex zou gaan repareren op den duur. Of erger, dat hij nieuwe relaties zou aangaan, zoals zij het contact dat hij had met de lieftallige Aziatische vrouw beschouwde.

Het gevolg was dat zij hem bleef bestoken met emails, SMS berichten, telefoontjes en te veelvuldig Skype contact, soms wel tien keer op een dag. Betrof het nu alleen maar werk, dan had de Schilder wel getracht om kalm te blijven en langzaamaan zijn beschikbaarheid te reduceren. Maar het was meestal een mengsel van persoonlijke gevoelens, wensen en vage opdrachten of nieuwe interessante contacten in Düsseldorf in Azië. Hetgeen alleen maar haar wens uitdrukte om hem telkens weer in haar stad te kunnen ontvangen.

Gedurende een lange periode had de Schilder haar gemiddeld bijna eens per maand gezien en meestal kwam hij met een kater terug. Niet van de genuttigde alcohol maar van het denken over haar. De ondertussen opgebouwde vrees voor opnieuw opduikende tropengekte. De moeilijkheid voor haar om een beetje normaal afscheid te nemen en nog veel meer. Wanneer de Schilder niet van plan was om haar op te zoeken, dan probeerde ze hem te bezoeken. Dat deed ze een keer, wetende dat zijn aanstaande ex afwezig was, maar ook wetende dat hij zich alleen maar op werk wilde richten. Nadat hij haar van het vliegveld had opgehaald gingen ze naar een gemoedelijk restaurant in zijn stad om iets te eten. Tot zover geen probleem.

Tijdens de maaltijd echter schonk zij zichzelf drie glazen wijn in, leegde ook zijn glas en bestelde nog een paar biertjes. En dat allemaal binnen nog geen uur. Zelfs de Schilder, als meer ervaren drinker, had haar niet kunnen verslaan.

Ze werd stil, apathisch en het maken van contact werd ondenkbaar. Met moeite kreeg hij haar in de auto, ze was stomdronken en later verklaarde zij dat ze de groeiende afstand en het feit dat hij misschien iemand anders zou ontmoeten niet kon aanvaarden. Op deze merkwaardige manier had ze geprobeerd haar gevoelens te uiten, zichzelf een dubbele kater bezorgend. En hij was verbaasd dat zij zichzelf zo kon verlagen, niet eens in staat om een volwassen gesprek te voeren over deze zaken. Alsof een aantal draadjes bij haar verkeerd verbonden waren.

Maar de Schilder bleef wederom zo kalm mogelijk en probeerde nogmaals zijn genomen en te maken beslissingen te onderbouwen. Ze leek onbereikbaar, onontvankelijk en bleef maar valse hoop creëren. Het maakte voor zijn gevoel de afstand alleen maar groter en groter, zelfs wanneer hij poogde om haar wensen en gedachtengang te respecteren, maar hij was zelf geen Chinees. Hij kon uiteraard zijn verleden niet veranderen en ook de toekomst niet voorspellen, hij leefde van dag tot dag. Heel langzaam begon ze die beperkingen door te krijgen en keerde ze huiswaarts. Een tijd lang was het absoluut stil.

Nu leek de kloof groot genoeg en had de Schilder de moed om voor een opdracht naar Düsseldorf in Azië te reizen en haar om die reden weer te gaan zien. Hij verbleef in het atelier waar hij sinds de deportatie had gewoond. Tot zijn verbazing kwam zij 's nachts op een laat tijdstip onaangekondigd langs, sprong in bed en klom bovenop hem, op die manier trachtte zij haar nog bestaande liefde voor hem te bewijzen. Hij voelde zich min of meer verkracht, maar was te overrompeld om onmiddellijk te reageren.

Het gevolg was wel dat hij zijn ticket voor de terugvlucht veranderde en de stad vijf dagen eerder dan gepland verliet. Slechts denkend dat hij de aangenomen opdracht moest proberen af te maken. Om dat werk te kunnen voltooien moest hij nog eenmaal terug en deed dat anderhalve maand later.

Zij deed haar best om heel aardig en begripvol te zijn, zelfs met de mededeling dat zijn persoonlijke omstandigheden haar niet meer in de weg zaten. Als zij maar in staat was om beperkt contact met hem te onderhouden. Het gat tussen woorden en daden kreeg de omvang van een oceaan en herinnerde de Schilder doorlopend aan de teksten die hij pleegde te horen van zijn aanstaande ex. Hij voelde zich erg ongemakkelijk, maar wilde niet zijn gedane beloften over het hoofd zien.

Dus ook deze keer - ter afsluiting van het werk dat hij zo goed en kwaad als hij kon gedaan had - verliet hij de stad met nogal negatieve gevoelens en met het idee haar niet weer te willen ontmoeten, de uitkomst was vaak te onvoorspelbaar, kwellend en onbevredigend.

En wat gebeurde? Een maand later, na bescheiden contact via email, nam ze een vreemd besluit. De Schilder was de deur uit met zijn dochter en zijn aanstaande ex was op reis naar andere landen. Waarschijnlijk had zij bij zijn personeel geïnformeerd waar hij uithing en toen hij thuiskwam hoorde hij tot zijn verbazing dat ze zo brutaal was geweest haar intrek te nemen in een van de gastenkamers.

Dit ging hem echt te ver. Hij probeerde haar aanwezigheid volkomen te negeren door zijn eigen schema aan te houden en het leek hem beter geen instanties te waarschuwen omtrent haar gedrag. Maar het was alleszins duidelijk dat zij hem aan het besluipen was. Beseffende dat hij nu te maken had met een gestoorde en geobsedeerde persoonlijkheid, overwoog hij om hier niet tegen in te gaan, maar het op zijn beloop te laten.

Een week later moest hij naar haar woonplaats om een concert van vrienden te gaan filmen en hij besloot op geen enkele manier contact met haar te zoeken. Hij was twee lange dagen tot diep in de nacht aan het werk en stond daarna met een van de musici te praten.

Plotseling stond de heel verre vriendin achter hem, waarschijnlijk had zij via gemeenschappelijke vrienden nagegaan waar hij op welk moment zou kunnen zijn. Toen hij vroeg wat zij kwam doen, reageerde zij met te zeggen dat ze op een openbare plek waren en zij het recht had om te gaan en staan waar zij wilde. Bevestigend dat zij inderdaad op een openbare plek stonden, negeerde hij haar, draaide zich om en vervolgde zijn gesprek met de muzikant.

Iets later pakte hij zijn spullen en ging naar het toilet. Toen hij naar buiten liep bleek dat ze hem had gevolgd en op hem zat te wachten. Zij wilde praten, maar de Schilder was te moe om te praten. Vanwege het late tijdstip, maar ook vanwege alle gesprekken die zij in het verleden hadden gevoerd en die niet echt hadden geholpen om meer begrip te kweken voor mogelijkheden en onmogelijkheden aangaande hun contact en verwachtingen.

Hij schonk haar een half uur aandacht en luisterde naar de details die hij al zo vaak had moeten aanhoren. Dat zij hem zo enorm had geholpen toen hij dakloos was, dat ze een erg goed team waren, dat ze konden verhuizen om ergens samen te gaan wonen op een dag, dat ze hem nooit in de weg had gezeten wat zijn huwelijk betrof, dat ze zoveel had opgeofferd, dat ze alleen maar van hem wilde houden enzovoorts. Nu was hij zo moe als het maar kon, verontschuldigde zich, greep zijn spullen en liep weg.

Ze bleef hem achtervolgen, maar hij hield een taxi aan langs de weg, legde zijn spullen achterin en wilde wegrijden. Toen opende zij het voorportier en stapte ook in de taxi. De Schilder wilde niet zijn hoteladres prijsgeven om te voorkomen dat zij hem daar ook nog eens lastig zou vallen en liet daarom de taxi stoppen, een halve kilometer van het hotel verwijderd. Hij stapte uit, droeg al zijn spullen en verzocht haar met klem hem met rust te laten en zelf een taxi naar huis te nemen.

Verschillende keren hield hij zijn pas in om nog eens duidelijk te maken dat zij moest afhaken en dat hij spoedig naar bed wilde. Ze bleef hem maar achtervolgen en om die reden liep hij drie keer de ingang van zijn hotel voorbij, zodat zij niet zou zien waar hij logeerde.

Maar het dragen van zijn spullen werd zo zwaar dat hij ophield heen en weer te lopen en toch het hotel binnenging. Meteen liep hij naar het personeel achter de bar en vroeg om beveiliging. Zij zei dat er niets aan de hand was en alleen maar met de Schilder wilde praten, maar hij maakte duidelijk dat zij hem buitensporig lastig viel en begeleiding tot zijn kamer wilde. Er verscheen een man die iets weg had van een gorilla, hij opende de liftdeur, gebruikte zijn toegangspas, blokkeerde de toegang voor anderen en hielp de Schilder om naar zijn kamer te gaan. Wat een oefening was dit om eindelijk wat uit te rusten en wat te gaan slapen.

Hij had aan haar het verschil uitgelegd tussen hoe je omging met een mug en met haar: een mug kon je met een klap van je vlakke hand in een keer doodslaan. Zo geergerd was hij uiteindelijk.

Alhoewel hij over het gedane werk tevreden was, had de Schilder helemaal geen tevreden gevoel, rekenend op nog meer donkere wolken. En die kwamen. Weer telefoontjes, vaak diep in de nacht en de Schilder verwijderde voor het slapen gaan de batterijen van alle telefoons in huis. En ook al verliet hij de villa als woonadres om andere redenen, zijn nieuwe schuilplaats vormde een soort garantie dat zij niet nog eens zomaar voor zijn neus zou staan.

Maar toch, ze kon in staat zijn, via haar netwerk of via betaalde deskundigen, uit te vinden waar hij heen was gegaan. Daarom bleef de Schilder vaak thuis, bezig met schrijven, lezen, schetsen en video's monteren. Met wederom de wens een tijd lang zo onzichtbaar mogelijk te zijn.

Een bijkomend effect van het wonen op een nieuwe plek was dat de Schilder zijn gedachten opnieuw kon ordenen en op die manier kon proberen een nogal woeste en onvoorspelbare periode in zijn leven af te sluiten.

Zoals eerder geconcludeerd was hij niet naar Azië gekomen voor een hectisch leven en het legen van zijn hoofd hielp hem om nieuwe openingen te gaan zien naar een meer positieve toekomst. Ondanks de aanhoudende moeilijkheden in de villa.

Of hij nou wel of niet een paar glazen plaatselijk vervaardigde wijn dronk, hij sliep als een roos in zijn nieuwe huisje. Nooit last van dromen, wanneer hij wakker werd kon hij zich die niet meer herinneren en hij oefende ook niet om ze te onthouden, wat sommige mensen wel doen. Zijn ochtend begon goed na het opstaan met een verse kop koffie en het roken van de eerste sigaret. Dat was een ritueel geworden en tijdens dat genot las hij zijn emails en kranten on line.

Het ordenen van zijn gedachten betekende ook dat hij nog iets moest ondernemen. Net voor het weekeinde dat hij ging filmen in Düsseldorf in Azië werd een deel van zijn schilderijen, die in die stad op verschillende plekken waren tentoongesteld, door zijn kunstbemiddelaar bezorgd op het adres van de hele verre vriendin. Zij had altijd gezorgd voor het in bewaring houden van zijn werk en om haar daarvoor te bedanken had de Schilder drie werken in haar woonkamer opgehangen met de bedoeling die aan haar te schenken.

Ondanks de recente ontwikkelingen had de Schilder haar beloofd om spoedig zorg te dragen voor verscheping van de schilderijen en andere bezittingen, zodat zij er geen last meer van had. Nu het verzamelen van het onverkochte werk was gedaan kon hij beginnen met het regelen van die verscheping.

Op een dag belde hij de kunstbemiddelaar om te vragen wanneer die beschikbaar was en of hij wilde helpen, een vriendin - de vrouw van het vriendenstel - om te zien of het werk daar een paar dagen mocht staan na het inpakken en familie en vrienden die een paar dagen de stad zouden bezoeken en bereid waren om de werken in kleine pakketten mee te nemen. Op die manier hoefde de Schilder niet een verzending te regelen voor al die werken in een keer, maar zou hij het werk in gedeelten in zijn atelier ontvangen. De laatste schakel was de hele verre vriendin aan wie hij een email schreef om na te gaan welke dagen haar uit zouden komen voor het ophalen van de werken in gezelschap van zijn kunstbemiddelaar.

Hij kreeg tamelijk snel antwoord, waarin ze verwoordde dat zij pas geleden al zijn werken en bezittingen uit haar huis had verwijderd, weggegooid schreef ze. Hij geloofde eerst niet wat hij zat te lezen, denkend dat ze hem bang wilde maken of iets dergelijks. Dus schreef hij terug en vroeg om details. Een paar emails later begreep hij dat ze inderdaad gestoord was, psychopathisch eigenlijk en dat zij, zonder enig respect voor kunst, eigendomsrecht en unieke items, had gedaan hetgeen zij beweerde gedaan te hebben. Ze had notabene zelf een kunstvakopleiding genoten, weggegooid geld!

Via zijn vrienden in Düsseldorf in Azië benaderde de Schilder een vriendelijke advocaat om te vragen wat te doen en hoe met deze zaak om te gaan, rekening houdend met de locale procedures. Hij gaf goed advies en begreep de lading van de pas ontstane situatie.

Hij schreef: *Ik heb met veel zaken te maken gehad waar "de hel geen razernij kent als een geminachte vrouw"*. In enkele emails heen en weer ontving de Schilder informatie over mogelijke juridische stappen en de financiële gevolgen.

Binnen een paar dagen besefte hij dat, voor het geval het werk niet meer te achterhalen was, een rechtsgang onzinnig zou zijn. Een schadeclaim kon nooit het originele werk vervangen en daarbij wilde de Schilder ieder motief vermijden om noodgedwongen de Chinese dame nog eens te moeten zien, laat staan spreken.

Uiteindelijk trok de advocaat dezelfde conclusie. Dit soort vrouwen - vanuit de advocaat zijn ervaring - zijn onvoorspelbaar en je kunt beter ieder contact uit de weg gaan, zei hij. Dus besloot de Schilder het verlies te incasseren en vooruit te kijken en nieuwe energie te verzamelen voor het maken van nieuwe kunstwerken. Zij verdiende geen enkele aandacht meer en zou theoretisch gezien dood verklaard moeten worden.

Anders gezegd, het zouden de woorden van zijn aanstaande ex kunnen zijn, eens de deur naar de hemel was een deur naar de hel geworden. Maar wat dan ook het kenmerk van die deur mocht zijn, het meest belangrijke voor de Schilder was de wetenschap dat die deur voor altijd gesloten zou blijven.

Stap voor stap - gepaard aan hevige emoties en niet de makkelijkste beslissingen - wilde de Schilder weer in balans raken gedurende zijn verblijf in zijn nieuwe thuis.

Hij zag de lieftallige Aziatische vrouw niet meer en trachtte met zijn aanstaande ex een modus en een oplossing te vinden voor de komende jaren. Vooral om de toekomst van zijn dochter veilig te stellen, want die werd te vaak omringd door fanatieke religieuze gedachten, rituelen en geloofsgenoten. Hoe haar uit de buurt te houden van tropengekte.

Eerder verschenen

Stempelen
Aart van Barneveld en Ronald Wigman
Uitgeverij Bert Bakker, 1982
ISBN 90 60198921

Zeven zonnen, zeven manen
Jean-Jacques Beylac en Ronald Wigman
Uitgeverij Nijhof & Lee, 1991
ISBN 90 72849 027

10 grote dromen
Diverse auteurs
Uitgeverij Hollandse specerijen, 1991
ISBN 90 9004 098 6

Nederland 's nachts
Willem Ekkel en Ronald Wigman
Uitgeverij Bas Lubberhuizen, 1995
ISBN 90 73978 42 4

Karin krijgt ervaring
Stef van Delft en Ronald Wigman
Uitgeverij Ambulance, 1997
ISBN 90 7397 875 0

De Grondverf
Ronald Wigman
Uitgeverij Lulu.com, 2010
ISBN 978-1-4466-3371-7

www.ingramcontent.com/pod-product-compliance
Lightning Source LLC
Chambersburg PA
CBHW071946170626

46813CB00005B/1848

* 9 7 8 1 4 4 6 6 3 3 7 5 5 *